Christina Maria

Wandelröschens Worte

Roman

Das Buch

Die Bibliothekarin Rose Wandel geht in den Ruhestand. Doch, statt sich über die freie Zeit zu freuen, fürchtet sie sich vor der einsamen Leere. Nach dem Tod ihres Mannes und dem Auszug der erwachsenen Tochter, geht nun auch ihre beste Freundin Gundula auf eine lange Reise. Doch ganz überraschend ändert sich ihr Leben von Grund auf.

Die Autorin

Christina Maria lebt zusammen mit ihrer Familie auf dem ehemaligen Bauernhof der Schwiegereltern, in einem kleinen Dorf im Wendland. Neben dem Schreiben ist sie auch noch als Malerin und Bodypainterin tätig. Ihre Arbeiten stellt sie unter anderem während der Kulturellen Landpartie auf dem heimischen Hof aus.
Mehr unter: www.christinamaria-wortfarben.de

Herstellung und Verlag:
BoD - Books on Demand, Norderstedt

Für meinen geliebten Mann, der in Notre Dame
zwar keine Wohnmobile, aber Heuballen zählte
und den ich dennoch geheiratet habe, was die
beste Entscheidung meines Lebens war.
Nur durch dich und mit dir, kann ich meine
Träume leben. Danke dafür!
Ich liebe dich!

Für meine beste Freundin Biene,
die für mich sowohl Rose, als auch Gundi ist,
genau wie ich es für sie immer sein werde.
Auch auf unserer Bank wird es so schön sein.
H.d.g.g.d.l.
MM

Für Deni, die ganz und gar zu uns gehört!

„Dankbarkeit ist der Schlüssel zum Glück"

Prolog

Mein Name ist Rose Wandel und dies ist meine Geschichte. Im Grunde ist es nicht nur meine Geschichte, sondern auch die, von den Menschen, die mich und mein Leben berührten oder die ich berühren durfte. Die Einen nur flüchtig und von fern, doch die Anderen so nachhaltig, dass ein festes Band zwischen uns gewebt wurde.

So wie das Leben selbst im ständigen Wandel ist, so sind wir es mit ihm. Nur ein Narr könnte glauben, dass sich das Leben in Schwarz und Weiß abspielt. Sicher mag es Zeiten geben, die sich uns in völliger Klarheit darbieten, doch ist dieser Zustand meist nur von kurzer Dauer. Den weit größeren Teil unseres Daseins auf dieser wunderbaren Erde, verbringen wir in einem Kaleidoskop aus schillernden Farben, mit allen Höhen und Tiefen, die unser Menschsein nun einmal mit sich bringt. Und manchmal ist das Schwarz so tief, dass es den schwarzen Löchern gleicht, die alles zu verschlingen drohen. Dann brauchen wir eine haltende Hand, die uns vor dem freien Fall bewahrt. Mal wird sie uns gereicht und mal werden wir selbst zu dieser Hand.

Alles ist möglich und alles kann geschehen.

Wenn wir daran glauben, dass wir nicht im Farbenmeer des Lebens ziellos herumgewirbelt werden, sondern getragen und gehalten sind, können wir unseren berührten und berührenden Weg behütet und getrost gehen.

Alles im Wandel

Mit etwas wehmütigen Gefühlen verstaute Rose Wandel ihre letzten Habseligkeiten in dem kleinen Karton. Schon seit Wochen hatte sie immer wieder etwas mit nach Hause genommen, denn über die Jahre hatte sich einiges angesammelt.

Vierunddreißig Jahre hatte sie als Bibliothekarin gearbeitet und die längste Zeit sogar als Leiterin. Sie hatte es gern getan. Der Geruch der druckfrischen Bücher, wenn sie neue Bestellungen einsortierte. Die ruhigeren Stunden, in denen sie Muße gehabt hatte, in den Büchern zu lesen. Die Besucher, die sporadisch hier und da etwas ausgeliehen hatten und dann die festen Stammkunden, von denen einige im Laufe der Jahre zu Freunden geworden waren. Ach sie würde all das vermissen.

Am meisten jedoch, würde Rose ihre beste Freundin Gundula fehlen. An jedem Tag der Arbeitswochen hatten sie ihre Mittagspausen gemeinsam verbracht.

Berthold, Gundulas Mann, war allgemeiner Arzt und hatte seine Praxis gleich neben der Bibliothek. So hatten sie sich kennengelernt.

Rose war neu in der Stadt gewesen, war ihrem Mann zu Liebe hierher gezogen und fühlte sich noch fremd und etwas verloren. Nur zwischen ihren Büchern hatte sie so etwas wie Vertrautheit gespürt.

Doch dann eines Tages, war diese springlebendige junge Frau mit den blonden Locken auf sie zugekommen und hatte sich, ohne zu fragen, neben sie gesetzt und sie angestrahlt. Beinahe vierzig Jahre war diese Begegnung nun her und immer waren sie die besten Freundinnen. Waren durch dick und dünn zusammen gegangen und hatten alle Hochs und Tiefs gemeinsam durchlebt. So vieles war geschehen, seit diesem warmen Frühsommertag und nun würde die Ära der Mittagspausen endgültig enden. Berthold hatte glücklicherweise einen Nachfolger für seine Praxis gefunden und konnte daher jetzt, mit fünfundsechzig, in Rente gehen. Für die heutigen Verhältnisse hatte er wirklich beachtliches Glück gehabt. Natürlich würde nun auch Gundula nicht mehr als Arzthelferin arbeiten. Ihr Arbeitsleben war stets fest verknüpft mit ihrem Mann gewesen. Bis auf die Monate ihrer Schwangerschaft und der Geburt ihres Sohnes, war sie immer an seiner Seite gewesen. Nun würde sie gemeinsam mit ihm, in den wohlverdienten Ruhestand treten.

Da Berthold von der Sehnsucht seiner Frau nach Reisen und fremden Ländern wusste, hatte er ihr zum Renteneintritt, eine vier Monate dauernde Reise geschenkt und dafür eigens ein komfortables Wohnmobil gekauft. Solange Rose Gundula kannte, hatte sie davon geträumt, mit einem eigenen Gefährt durch die Welt zu fahren.

„Wie eine Schnecke mit dem Haus auf dem Rücken, da ist man doch überall zu Hause", hatte sie oft gescherzt. Jetzt war es also so weit, Gundula hatte sich vor Freude gar nicht mehr halten können, war Berthold doch mehr der Lehnstuhlreisende, wie er es selbst immer formulierte. Für die Mühen tatsächlicher Reisen hatte er nur wenig übrig. Doch für seine geliebte Frau nahm er diese Mühen nun auf sich. Allerdings schloss die geplante Route hauptsächlich Nordeuropa ein. Für das „richtige Ausland", wie er es nannte, hatte seine Opferbereitschaft dann doch nicht mehr gereicht. Gundula war jedoch guter Hoffnung, dass sich der Rest schon noch ergeben würde, wenn sie erst mal unterwegs wären. Das Einzige, das die Freude trübte, war die Tatsache, dass sie dann nicht mehr an jedem Tag ihre beste Freundin sprechen, geschweige denn sehen könnte.

Rose musste sich eingestehen, dass sie sich vor der Einsamkeit fürchtete. Im Moment gab ihr Name die Richtung an, ihr Leben war im Wandel. Es kam alles auf einen Schlag, der Ruhestand, die Abreise ihrer engsten Vertrauten und die Tatsache, dass ihre einzige Tochter vor ein paar Tagen in eine andere Stadt gezogen war. Sie konnte Sally gut verstehen, hatte sie doch gleich nach ihrem Studium, dort eine gute Stelle bekommen und obendrein lebte auch noch ihr neuer Freund dort. Rose freute sich für sie und dennoch schmerzte der Abschied sehr.
Genau wie Gundula hatte auch sie nur ein einziges Kind. Ihre Tochter Salome, die von allen nur Sally

genannt wurde, war ein Jahr jünger als Gundulas Sohn Jona.

Während ihre Freundin jedoch, vollauf zufrieden mit ihrer Arbeit und ihrem Sohn gewesen war, hatte sich Rose immer noch mehr Kinder gewünscht. Sie hatte von einer großen Familie mit Tieren und einem Haus auf dem Land geträumt. Doch nach der dritten Fehlgeburt musste sie sich eingestehen, dass schon Sally ein Wunder gewesen war, für das sie zutiefst dankbar sein musste und sie nicht mehr erwarten durfte.

Nur zu gerne hätte sie sich mit einem Hund getröstet, doch unglücklicherweise hatte ihr Mann Friedo eine Tierhaarallergie und so blieb auch dieser Wunsch unerfüllt. Das Haus auf dem Lande wäre ohnehin zu unpraktisch gewesen, da sie doch beide in der Stadt arbeiteten und Sallys Schule hatte sich auch hier vor Ort befunden. So blieb das Leben auf dem Lande nur ein Traum. Dafür hatten sie jedes Jahr lange Urlaube unternommen und alles in allem war ihr Leben durchaus glücklich verlaufen.

Zumindest bis vor vier Jahren, als Friedo immer häufiger über Bauchschmerzen klagte. Schließlich hatte sich seine Frau durchgesetzt und ihn zu Berthold geschickt. Nach Abschluss der Untersuchungen stand die Diagnose fest, Bauchspeicheldrüsenkrebs mit verschwindend geringen Heilungschancen. Er hatte es dennoch versucht und tapfer gekämpft, jedoch vergebens. Am Ende war es ein elendes Sterben gewesen und ohne Sally, wäre Rose vermutlich zusammengebrochen. So musste sie für ihren Mann und ihre Tochter stark sein und genau das war sie auch. Manchmal aber hatte sie das Gefühl, sich nie ganz von diesem Schicksalsschlag erholt zu haben.

Ein paar Monate nach Friedos Tod, hatte sie es zu Hause nicht mehr ausgehalten und war wieder zur Arbeit gegangen, doch alles was sie tat, verrichtete sie automatisch ohne echtes Empfinden.

Sally hatte damals noch studiert und lebte deshalb glücklicherweise noch in ihrem Elternhaus, was Rose immer wieder ein Trost war. Diese Zeit schuf ein enges Band zwischen Mutter und Tochter, umso mehr schmerzte nun das Loslassen.

Kinder schmerzen, wenn sie kommen und auch, wenn sie wieder gehen. Das ist wohl der Preis, den wir für ihre Anwesenheit zahlen müssen, dachte sie manchmal traurig.

Und nun würde auch noch ihre liebste Freundin aus ihrem Leben verschwinden. Natürlich wusste sie, dass es nicht für immer war und dennoch fühlten sich vier Monate, wie eine Ewigkeit an.

Wie oft griff sie zum Telefon oder fuhr rasch zu Gundula hin, um ihr etwas zu erzählen oder einfach nur, weil sie das Alleinsein nicht ertrug. Wer würde zukünftig ihre Einsamkeit vertreiben? Die Furcht legte sich wie ein eiserner Ring um ihr Herz, kalt und unbarmherzig.

„Frau Wandel, ist Ihnen nicht gut? Soll ich Ihnen ein Glas Wasser bringen? Sie sind so blass!"
Die Stimme von Frau Schmidtke, ihrer Nachfolgerin als Bibliotheksleiterin, riss Rose aus ihren dunklen Gedanken. Sie schüttelte den Kopf, um die Benommenheit abzuschütteln, dann lächelte sie Frau Schmidtke an.
„Das ist sehr freundlich von Ihnen, aber mir fehlt nichts. Ich habe mich nur etwas in meinen Erinnerungen verloren. In einer so langen Zeit sammeln sich sehr viele davon an, wissen Sie.
Ich bin aber auch fertig mit dem Packen. Haben Sie noch einmal vielen Dank für die liebevolle und wunderschöne Abschiedsfeier. Es hat mich aufrichtig gefreut! Ich wünsche Ihnen, dass Sie genauso viel Freude an Ihrer Arbeit haben werden, wie ich es in all den Jahren hatte. Alles, alles Gute für Sie alle hier!"

Nachdem sie sich noch ein letztes Mal unter Tränen und mit herzlichen Umarmungen von ihren Kolleginnen verabschiedet hatte, trug sie ihren Karton zum Auto und ließ sich seufzend auf den Fahrersitz fallen. Nur gut, dass sie sich später noch mit Gundula treffen würde. Diese hatte ihren letzten Arbeitstag bereits hinter sich, doch sie hatte darauf bestanden, dass sie ihrer beider Freiheit mit einer Flasche Sekt begießen würden, wenn auch Rose zum letzten Mal ihre geliebte Bibliothek verlassen hatte.

„Tja, dann lassen wir heute Nachmittag mal die Korken knallen, wir alten Rentnerinnen!"
Mit einem grimmigen Lachen ließ Rose den Motor an und fuhr ein allerletztes Mal vom Personalparkplatz der Stadtbibliothek.

Pläne über Pläne

„Da bist du ja endlich!"
Mit strahlendem Lächeln kam Gundula ihr schon vor der Haustür entgegen und winkte sie ungeduldig herein. Dabei war Rose fast zwanzig Minuten zu früh dran. Sie war immer etwas überpünktlich vor Ort, ganz gleich, ob es sich um geschäftliche oder persönliche Belange handelte.
Sie folgte ihrer Freundin auf die Terrasse, wo schon zwei Gläser und eine Flasche Sekt im Sektkühler bereitstanden. Rose setzte sich Gundula gegenüber, die sofort begann mit geübten Bewegungen den Verschluss der Flasche zu entfernen und die Gläser vollzuschenken. Mit den gefüllten Gläsern in der Hand prosteten sie sich lächelnd zu.
„Wir trinken auf unsere Reise, möge sie zu einer Weltreise heranwachsen und auf unseren gemeinsamen Ruhestand, dass er ja nicht zu ruhig werden wird und last but not least... auf deinen ganz eigenen Neubeginn, mein liebstes Wandelröschen!"
Gundula nahm einen beherzten Schluck und schloss genießerisch die Augen. Auch Rose mochte das prickelnde Gefühl im Mund und sie mochte es, wenn ihre Freundin sie Wandelröschen nannte. Gleich bei einem ihrer ersten gemeinsamen Ausflüge hatte Gundula erzählt, dass das Wandelröschen ihre Lieblingsblume sei und dann freudig den Umkehrschluss aus Roses Namen gezogen. Dabei war es geblieben, seit damals hieß

Rose bei ihrer engsten Vertrauten, Wandelröschen. Sie hatte es vom ersten Augenblick an geliebt. Ein paar Mal hatte sie versucht, auch Friedo dazu zu bewegen, sie so zu nennen, doch er hatte nichts von Kosenamen gehalten. So war sie nur bei einem einzigen Menschen, das Wandelröschen. Dieser Mensch blickte sie nun mit leuchtenden Augen an und schien auf irgendetwas zu warten.

Rose spürte diese Erwartung und rutschte unruhig auf ihrem Stuhl umher.

„Was ist denn? Warum siehst du mich so an? Nun sag schon endlich, was du wieder ausgeheckt hast. Im Übrigen finde ich, auf meinen Neubeginn anzustoßen, schon etwas weit hergeholt. Im Augenblick habe ich eher das Gefühl, dass alles endet."

Schwungvoll stellte Gundula ihr Glas auf den Tisch und griff nach einer Mappe, die auf dem freien Stuhl neben ihr gelegen hatte.

„Mein liebstes Wandelröschen, das mag ja vieles sein, aber ganz sicher nicht weit hergeholt. Ich habe Berthold überredet, mit unserer Reise noch zu warten, bis ich dich gut versorgt weiß. Du brauchst dich gar nicht so aufzublasen, an meinem Entschluss kannst du sowieso nichts mehr ändern. Du solltest mich gut genug kennen, um zu wissen, dass ich nicht umzustimmen bin. So und jetzt hörst du mir einmal gut zu!"

Mit einer energischen Geste öffnete sie die Mappe und holte ein paar Fotos heraus, die sie Rose hinüber schob.

„Die siehst du dir jetzt bitte mal ganz in Ruhe an und dann sagst du mir, was du davon hältst."

Widerspruchslos griff Rose nach den Fotos und warf einen Blick darauf. Sie war sofort hingerissen von dem Anblick, der sich ihr bot.

Es waren Bilder von einem Haus mit Grundstück, das aus den verschiedensten Blickwinkeln fotografiert worden war. Das Haus war eher ein Häuschen, denn es war klein und eingeschossig. Über die eine Giebelwand zog sich ein Wintergarten, der aus hellem Holz gebaut war. Das Gebäude selbst bestand aus alten Ziegelsteinen und das Dach mit den dunklen Biberschwanzziegeln sah neu aus. Nur wenige Meter vom Haus entfernt, stand ein kleiner Stall in der gleichen Bauweise. Der Garten, der die Gebäude umgab, wirkte verwildert und romantisch. Im Hintergrund sah man ein paar große Bäume aufragen. Alles in allem wirkte die ganze Szene geradezu malerisch.

Gespannt hatte Gundula ihre Freundin beobachtet und wirkte nun sehr zufrieden, als sie ihr Glas erneut hob.

Als Rose die Bilder zurück in die Mappe gelegt hatte, sah sie ihre Freundin fragend an.

„Ich muss sagen, das ist ein bezauberndes Grundstück, aber warum zeigst du mir das? Ich meine, was hat das mit mir zu tun?"

Auch sie hob erneut ihr Glas und nahm einen kleinen Schluck.

„Nun, das ist einfach und schnell erzählt. Es geht dich sogar sehr viel an, weil ich finde, du solltest dieses Häuschen kaufen!"

Rose verschluckte sich an ihrem Sekt und es dauerte einen Moment, bis sie sich wieder erholt hatte. Dann sah sie ihre älteste Freundin an, als hätte diese den Verstand verloren.

Gundula ließ sich nicht beirren.

„Das ist mein voller Ernst! Seit ich dich kenne, träumst du von einem Haus im Grünen und einem Hund. Jetzt bist du alleine und in Rente, du hast genug Geld, um gut über die Runden zu kommen. Wenn du deine Wohnung verkaufst, kannst du dir das Haus locker leisten und musst nicht mal Schulden machen!"

Rose sah ihre Freundin an, wahrscheinlich hatte sie im Kopf schon alles durchgeplant, bis hin zur Einrichtung. Sie fühlte sich gänzlich überrumpelt und ging daher automatisch auf Abwehr.

„Was für eine völlig abwegige Idee! Ich kann doch meine Wohnung nicht einfach verkaufen, ich habe dort die meiste Zeit meines Lebens verbracht. Und wohin soll meine Tochter kommen, wenn sie hier kein Zuhause mehr hat? Ich habe eine Verantwortung!"

Gundula stand auf und baute sich vor Rose auf.

„Da hast du verdammt recht, du hast eine Verantwortung, und zwar dir selbst gegenüber! Seit Jahren denkst du nur an Andere und niemals an dich. Du hast dich nie von der schlimmen Zeit mit Friedos Krankheit erholt. Und dass Salome jetzt endgültig ausgezogen ist, bricht dir fast das Herz. Du brauchst gar nicht so mit dem Kopf zu schütteln! Ich kenne dich fast besser, als mich selbst. Ich weiß, dass du schreckliche Angst vor der Einsamkeit hast und ich kann nicht eher meine Freiheit genießen, bevor ich nicht weiß, dass es meiner allerliebsten Freundin auch gut geht. Ich werde nämlich nicht da sein, um dich aus deiner Depression wieder herauszuzerren.

Und wo wir schon dabei sind, auch wenn ich vier Monate oder hoffentlich sogar länger nicht hier sein werde, will ich natürlich alles wissen und über alles Neue auf dem Laufenden gehalten werden. Weil das aber mit dem Telefon nicht ganz einfach und billig ist, werden wir uns per Email verständigen. Ich habe mir einen Laptop gekauft und du hast doch schon bei der Arbeit immer mit Computern arbeiten müssen, da dürfte es doch kein Problem für dich sein. Dir habe ich nämlich auch einen Laptop gekauft, da ich an deinem Geburtstag nicht da sein werde, bekommst du dein Geschenk eben schon jetzt. Völlig uneigennützig, versteht sich.

Sally wird dir eine Emailadresse einrichten. Den Namen haben wir schon, es ist alles besprochen. Und bevor du jetzt weiter mit mir herumstreitest, kann ich dir versichern, dass Sally ganz meiner Meinung ist und den Hauskauf voll und ganz unterstützt. Sie sagt, sie kann dich auch dort besuchen kommen und hier ist ihre Zeit ohnehin vorüber. Und das Beste überhaupt ist; du kannst dir endlich einen Hund anschaffen! Na, was sagst du?"

Erschöpft ließ sich Gundula in ihren Stuhl plumpsen und trank ihr Glas in einem Zug leer. Dann blickte sie vorsichtig in Roses Richtung. Diese saß wie versteinert da und starrte vor sich hin, die Hände schlaff im Schoß.

„Wandelröschen, ist alles in Ordnung mit dir? Soll ich dich nach Hause fahren und du schläfst erst mal eine Nacht über alles? Ich fürchte, ich hätte dich etwas schonender mit meiner Idee bekanntmachen sollen, aber du weißt ja, wie ich bin. Nach Hause?"

Rose nickte nur und erhob sich. An der Tür blieb sie stehen und drehte sich zu Gundula um.

„Schon gut, ich kann alleine fahren. Ich brauche Zeit und Ruhe zum Nachdenken. Ich rufe dich in den nächsten Tagen an."

Damit umarmte sie ihre Freundin kurz und verschwand.

Nachdenklich sah Gundula ihrer Freundin nach, dann ging sie entschlossen zum Telefon und wählte eine Nummer. Sie wartete nur kurz, bis sie auf der anderen Seite eine Stimme hörte.

„Sally, hier ist Gundula, ich fürchte, ich war nicht allzu diplomatisch. Es wäre gut, wenn du bald mit deiner Mutter reden könntest. Ich habe der Maklerin gesagt, sie soll das Haus bis nächste Woche reservieren, wir haben also nicht mehr viel Zeit. Aber ich glaube, mir ist gerade eine Idee gekommen, wie wir den Entscheidungsprozess gehörig beschleunigen könnten."

Jette

Rose schrak zusammen, als es an der Tür klingelte. Seit sie vorgestern bei Gundula gewesen war, hatte sie keine Ruhe mehr finden können. Die Gedanken jagten einander und ließen ihr keine Zeit, um zu Atem zu kommen. Immer wieder hatte sie zum Telefon gegriffen, um ihre beste Freundin anzurufen, doch dann hatte sie es doch nicht getan. Was hätte sie ihr auch sagen sollen. Sie wusste ja selbst nicht mehr, was sie fühlte und was nicht. Geschweige denn, dass sie sich im Klaren darüber gewesen wäre, was sie überhaupt wollte, sich vielleicht noch vom Leben erhoffte. Sie fühlte sich Gundulas Entschiedenheit einfach nicht gewachsen.

Als sie jedoch durch den Spion spähte, sah sie ihre liebste Freundin in voller Größe vor der Tür stehen. Sie zögerte nur einen winzigen Augenblick, denn sie wusste ja, dass alles, was Gundula sich zurechtgelegt hatte, nur aus Sorge und Liebe entstanden war. Doch sie selbst war nun mal nicht für schnelle unüberlegte Handlungen zu haben. Spontanität, zumal wenn es nur zu ihren eigenen Gunsten war, erschien ihr falsch und zum Scheitern verurteilt. Sie holte noch einmal tief Luft, dann öffnete sie die Tür.
Mit zerknirschtem Gesichtsausdruck blickte Gundula ihr entgegen.

„Es tut mir leid, dass ich dich so überrannt habe! Ich sollte dich besser kennen und wissen, dass meine Methode, dich zu einem besseren Leben zu bewegen, am Ende den genau gegenteiligen Effekt hat. Es tut mir so leid, dass ich dich in die Flucht geschlagen habe!"

Mit weit geöffneten Armen trat sie in die Wohnung und fragte flehentlich:

„Verzeihst du mir?"

Erleichtert sank Rose in die Umarmung und kurze Zeit später, saßen sie bei Kaffee und einem kleinen Likörchen zusammen.

Rose hatte, ganz untypisch für sie, ihr Glas Likör in einem Zug gelehrt und spielte nun nervös mit dem Glas in ihrer Hand.

„Weißt du, es ist ja nicht so, dass ich nicht schon überlegt hätte, noch etwas in meinem Leben zu verändern. Du hattest recht mit deiner Einschätzung, ich habe große Angst vor der Einsamkeit, aber ich habe auch große Angst vor dem Ungewissen. Ich habe Angst, meine Entscheidung zu bereuen und dann nicht mehr zurückzukönnen. Es ist furchtbar, manchmal habe ich Angst vor meinem eigenen Schatten. Als junge Frau war ich so furchtlos, doch je älter ich werde, desto häufiger ist die Angst mein Begleiter. Und mit ihr kommt auch die Unsicherheit, die lähmt und jedes Weitergehen verhindert. Seit Friedos Tod habe ich manchmal das Gefühl, ich sei selbst auch schon gestorben. Erst war Sally noch hier, doch seit sie fort ist, wird es immer schlimmer. Ich weiß

23

nicht, was ich tun soll und wenn ich es wüsste, wie sollte ich die Kraft aufbringen, es auch zu tun?"

Mitleidig sah Gundula ihre beste Freundin an, dann stand sie auf und zog sie ganz fest in ihre Arme.

„Mein armes Wandelröschen, mir war nicht klar, wie schlecht es dir wirklich geht. Es tut mir leid, dass ich offensichtlich zu sehr mit mir selber beschäftigt war, um genug auf dich zu achten! Ich werde dich nicht mehr drängen, aber bitte, versprich mir, dass du mit mir redest, wenn es dir nicht gut geht!"

Eine dicke Träne kullerte über Roses Wange, mit dem Handrücken wischte sie sie weg und nickte schniefend.

„Ach, ich bin nur eine dumme alte Frau, die sich allzu häufig von ihrer Sentimentalität übermannen lässt."

Sie setzten sich wieder und tranken ihren, inzwischen kalt gewordenen, Kaffee aus.

Gundula spielte unruhig mit der Tasche auf ihrem Schoß, nachdem sie verkündet hatte, jetzt aufbrechen zu müssen.

Rose, die ihre Freundin gut kannte, war klar, dass diese noch etwas auf dem Herzen hatte.

„Was gibt es denn noch? Nun lass die Katze schon aus dem Sack!"

Gundula schreckte hoch und mied den direkten Augenkontakt.

„Stichwort Katze ist schon gar nicht so falsch. Du kennst doch die alte Frau Bremer, die auch in meiner Sportgruppe mitgemacht hat. Sie war für ihr Alter immer noch ausgesprochen fit, doch nun hat sie sich letzte Woche die Hüfte gebrochen. Sie wurde operiert, doch es war komplizierter als gedacht und zur Reha muss sie ja auch noch."

„Gundi, was willst du mir sagen? Komm bitte zum Punkt!"

„Ja also, Frau Bremer hat sich vor zwei Jahren noch einen Hund aus dem Tierheim geholt. Wir waren alle etwas überrascht, aber wie gesagt, sie war ja noch ungeheuer fit. Jedenfalls ist sie ganz verzweifelt, weil sie Niemanden für den Hund hat. Im Augenblick kümmern sich die Nachbarn, aber bald sind Sommerferien und da wollen sie verreisen. Kurz und gut, kannst du dich vielleicht um den Hund kümmern? Es ist ja auch nur für ein paar Wochen, bis Frau Bremer von der Reha zurück ist. Bitte, die arme Frau ist ganz verzweifelt!"

Rose beobachtete Gundula genau, doch sie konnte nichts entdecken, was auf eine abgekartete Sache schließen ließ. Sie seufzte und zuckte mit den Schultern.

„Ich kann mir den Hund ja mal ansehen. Ist er groß? Wo ist er denn jetzt?"

Etwas verlegen grinste Gundula sie an.

„Genaugenommen ist sie in meinem Auto und das parkt vor deiner Tür. Ich hatte mit deinem großen Herzen gerechnet und angeboten, heute mal mit ihr spazieren zu gehen."

Rose versuchte, böse auszusehen, schaffte es aber nicht und brach stattdessen in Gelächter aus.

„Also Gundi, du bist wirklich unverbesserlich! Was hättest du denn getan, wenn ich nein gesagt hätte."

„Na dann wäre ich eine Runde mit ihr im Park spazieren gegangen, hätte sie anschließend zurückgebracht und hätte morgen der alten Frau Bremer das Herz brechen müssen. Ihre Hündin hätte nämlich zurück ins Tierheim gemusst, wenn du dich nicht bereit erklärt hättest."

Rose hob abwehrend die Hand.

„Nicht so schnell! Noch habe ich nicht zugesagt. Erst mal will ich mir den Hund ansehen."

Mit diesen Worten ging sie los, zog sich eine Jacke über und verließ mit ihrer Freundin die Wohnung.

Am Auto angekommen, öffnete Gundula die Heckklappe und winkte Rose heran.

„Darf ich vorstellen, das ist Jette! Jette das ist Wandelröschen und wenn du dich gut benimmst, wird sie sich um dich kümmern."

Es war eine Schäferhündin mit dem typisch dunklen und goldenen dichten Fell. Ihre Ohren waren aufmerksam nach oben gerichtet und die Nase hielt sie witternd in ihre Richtung. Selbst im Liegen war zu erkennen, dass es sich um einen großen, kräftigen Hund handelte. Rose spürte, wie ihr der Mut sank, wie sollte sie, unerfahren wie sie war, mit so einem ausgewachsenen Schäferhund fertig werden. Doch dann sah sie in Jettes Augen. Die Welt um sie herum verschwand und es gab nur noch sie beide. In den dunklen Augen der Hündin lag alle Weisheit dieser Erde und sie blickte Rose bis in die ängstliche Seele hinein. Eine tiefe Ruhe überkam Rose, eine Verbundenheit mit diesem Hund, die sie nie für möglich gehalten hätte. Ohne zu überlegen, nahm sie die Leine und zupfte zart daran. Sofort sprang Jette aus dem Kofferraum und ging folgsam an der Seite ihres neuen Frauchens.

Wer die Beiden zusammen erblickte, wäre nicht im Traum darauf gekommen, dass ihre Freundschaft nur wenige Minuten alt war.

Ohne sich noch einmal umzudrehen, rief Rose ihrer Freundin zu:

„Also gut, ich nehme sie! Bis Frau Bremer wieder gesund ist. Wir telefonieren! Mach's gut!"

Triumphierend lächelnd griff Gundula nach ihrem Handy und wählte.

Entscheidungen

Rose streichelte gedankenverloren über Jettes weichen Kopf. Vorhin hatte Gundi angerufen und ihr mitgeteilt, dass die alte Frau Bremer in ein Pflegeheim kommen würde und ihre geliebte Hündin nicht mehr zurücknehmen konnte. Zu ihrer Schande musste Rose sich eingestehen, dass sie bei dieser Nachricht eine tiefe Erleichterung empfand. Der Gedanke, Jette wieder weggeben zu müssen, hatte sie schon seit dem zweiten Tag beunruhigt. Sie vermochte nicht zu sagen, seit wie vielen Jahren sie so friedlich geschlafen hatte, wie in der ersten Nacht mit der Hündin neben ihrem Bett. Es hatte gar keiner Überlegung bedurft, wo sie denn schlafen würde. Als Rose aus dem Bad in ihr Schlafzimmer gekommen war, lag Jette schon auf dem Fell neben ihrem Bett. Dieser Anblick hatte in Rose ein so warmes Glücksgefühl ausgelöst, dass sie lächelnd in ihr Bett gestiegen war und mit ihrer herabhängenden Hand den weichen Kopf des Hundes berührte. Nachdem Jette ein zufriedenes Seufzen ausgestoßen hatte, war auch Rose in einen tiefen Schlaf geglitten.

Als sie erwachte und sah, dass es bereits Tag war, konnte sie es zunächst gar nicht fassen. Doch fast noch im gleichen Augenblick begann die Furcht, Jette wieder hergeben zu müssen, in ihrem Magen zu rumoren.

Diese Furcht war nun fort und das leise schlechte Gewissen, dass sie angesichts der Tatsache empfand, dass es ihr nur deshalb so gut ging, weil ein Anderer litt, würde wohl mit der Zeit vergehen.

Bei einem Spaziergang durch den angrenzenden Park begann ein neuer Gedanke an Rose zu nagen. Der Park war schön, gewiss, doch wie gerne wäre sie mit Jette durch die Wälder gestreift oder über blühende Sommerwiesen gegangen. Außerdem wohnte sie im zweiten Stock, was bedeutete, dass die Hündin jeden Tag Stufen steigen musste. Sie hatte gelesen, dass dies für Hunde ganz schlecht war und zu großen Gelenkproblemen führen konnte.

Jette war kein ganz junger Hund mehr, doch ein paar Jahre würde sie bei guter Pflege sicher noch haben. An dieser Stelle begannen sich Roses Gedanken im Kreis zu drehen, bis sie sich schließlich dabei ertappte, wie sie sich mit Jette an ihrer Seite, in dem verwilderten Garten des kleinen Hauses sah. Das Bild verfolgte sie und schließlich kapitulierte sie und rief Gundula an. Diese versicherte ihr, gleich bei der zuständigen Maklerin anzurufen und sich dann umgehend bei ihr zurückzumelden.

Unruhig lief Rose in ihrer Wohnung hin und her, argwöhnisch von Jette beobachtet, die ihre Unruhe spürte.

Sie mussten sich jedoch nicht lange gedulden, denn schon eine halbe Stunde später klingelte das Telefon und Gundula berichtete, dass das Haus noch zu haben sei und sie gleich einen

Besichtigungstermin vereinbart habe, nur zum Gucken, ganz unverbindlich natürlich.

Als sie wieder aufgelegt hatte, kniete sich Rose neben Jette nieder und schmiegte ihren Kopf, an den der Hündin.

„Warum werde ich das Gefühl nicht los, dass ich hier in eine abgekartete Sache verstrickt bin? Ganz unverbindlich, ja? Vermutlich genauso unverbindlich, wie ich zur Hundebesitzerin geworden bin."

Doch trotz ihres mürrischen Tons lächelte sie in sich hinein.

Als Rose mit Gundula auf dem Beifahrersitz, in die Auffahrt des Grundstücks fuhr, ahnte sie bereits, dass sie verloren war. Das Haus lag am Ende eines kleinen Waldweges, der doch befestigt genug war, um auch im Winter passierbar zu sein. Es war etwas mehr als eine halbe Stunde in die Stadt, doch besaß das Dorf, zu dem das Anwesen gehörte, einen EDEKA- Markt mit einem Bäcker darin, einen Friseur und eine Sparkassenfiliale. Die nächste Tankstelle lag auf halber Strecke zur Stadt, sie könnte sich also mit allem versorgen, was sie benötigte, ohne jedes Mal die Fahrt in die Stadt antreten zu müssen. Vom Haus war das Dorf ungefähr einen Kilometer entfernt, also gut zu Fuß oder mit dem Rad zu erreichen.

Das Haus selbst wirkte genauso einladend auf sie, wie schon auf den Fotos. Der Garten war in einem sehr verwahrlosten Zustand, doch mit etwas Zeit

und Mühe ließe sich ein Schmuckstück daraus machen. Rose ertappte sich bei dem Gedanken, wie schön sich eine rosafarbene Klematis an der Stallwand machen würde, als sie das Haus betraten. Es war wirklich klein, außer Küche, Bad und einem winzigen Flur, hatte es nur noch zwei Räume. Der eine ging nach Osten raus und wäre das perfekte Schlafzimmer, der zweite, etwas geräumigere zeigte nach Westen und ging in den Garten. Das Abendlicht würde die Wände sicher in ein warmes Gold tauchen. Von hier betrat man auch den Wintergarten und Rose sah im Geiste bereits ihre Grünpflanzen hier wachsen. Das Schönste aber, war die Küche. Fünf verwittert aussehende Balken verliefen in regelmäßigem Abstand unter der Decke entlang, in einer Ecke stand ein kleiner antik wirkender Kaminofen und mitten im Raum, als einziges Möbelstück, stand ein langer Holztisch, dessen Oberfläche die gesamte Geschichte des Hauses zu erzählen schien. Es war, als raunte das Haus ihr zu: „Ich habe auf dich gewartet, ich bin dein Zuhause!"
Es war Rose völlig klar, dass es kein Zurück mehr gab und nachdem sie sich mit der Maklerin preislich geeinigt hatte, holte Gundula eine Flasche Sekt aus dem Auto und sie stießen auf ihr neues Heim an.

Rose hatte damit gerechnet, dass sie noch Zweifel überkommen würden. Doch ihre Wohnung brachte einen guten Preis ein und so blieb ihr nach dem

Hauskauf noch immer genügend Geld, um gut versorgt zu sein.

Als sie am letzten Abend in der Wohnung einschlief, in der sie fast vierzig Jahre gelebt hatte, spürte sie einen leichten sentimentalen Anflug, der von Jettes wohligem Seufzen aber rasch vertrieben wurde. Noch während sie sich die Hündin in ihrem Garten vorstellte, schlief sie selig lächelnd ein.

Die Wunder der Technik

Gundula und Berthold hatten ihr Versprechen gehalten und ihre Abreise auf die Woche nach dem Umzug verlegt, sodass sie Rose noch zur Hand gehen konnten. Auch Sally und ihr neuer Freund waren angereist, um zu helfen. Rose mochte den jungen Mann auf Anhieb, was glücklicherweise auf Gegenseitigkeit beruhte. So waren sie trotz der Plackerei ein erschöpftes, aber fröhliches Völkchen, als endlich der Umzugswagen davon fuhr und sich alle Habseligkeiten in Roses kleinem Häuschen stapelten. Sie hatte zusammen mit Sally und Gundula kategorisch aussortiert und viel weggeschmissen. Die guten Möbel hatte sie mit Bertholds Hilfe in einen Laden für sozial Bedürftige gebracht, so war ihre Habe nun recht übersichtlich. Dafür hatte sie sich eine neue Küchenzeile gegönnt und ein neues Sofa, in das sie sich auf den ersten Blick verliebt hatte. Noch vor wenigen Wochen hätte sie gezögert, sich einfach so ein neues Möbelstück zu kaufen, doch inzwischen hatte sich alles verändert.

So sehr sie die Anwesenheit ihrer liebsten Menschen auch genoss, so sehr sehnte sie sich danach, mit Jette einen langen Spaziergang zu machen und dann ganz alleine ihr Heim einzurichten. Erst hatte sie sich nicht getraut, das zuzugeben, immerhin hatten sie ihr alle so lieb und tatkräftig geholfen. Doch nachdem Philip, Sallys

Freund, die letzte Lampe angeschlossen hatte und die schweren Möbel, auf dem für sie vorgesehenen Platz, standen, hatte sie doch all ihren Mut zusammen genommen und den Anderen mitgeteilt, dass sie nun alleine zurechtkommen würde. Sie wollte drei Tage später zum Dank, alle ihre Helfer zu Kaffee und Kuchen einladen. Dann konnte sie sich auch gleich bei Berthold und Gundula verabschieden, die vier Tage später zu ihrer großen Reise aufbrechen würden und es gab ja noch so viel zu tun.

Rose stand am Tor und winkte den Abreisenden noch nach. Eine schöne Geste, wie sie fand, die sie beibehalten wollte.

Als sie die Hand sinken ließ und sich einmal um die eigene Achse drehte, um sich ihr Haus anzusehen, begann sie unvermittelt zu weinen. Die Tränen strömten über ihr Gesicht und sie zitterte am ganzen Körper. Sie ließ sich ins Gras sinken, rollte sich wie ein Embryo zusammen und gab sich willenlos dem Ansturm der Gefühle hin.

Vor Erschöpfung musste sie irgendwann eingeschlafen sein. Als sie erwachte, spürte sie den warmen Körper der Hündin an ihrem Rücken. Es war bereits dunkel und sie lag in der Schwärze der Nacht, auf dem kühlen Gras. Über sich entdeckte sie Sternenbilder, die man in der Stadt niemals sehen konnte. Sie atmete tief ein und spürte in ihrem Inneren der tiefen Traurigkeit nach, die sich seit Friedos Krankheit dort eingenistet hatte und die mit Sallys Weggang noch bodenloser geworden war. Sie suchte nach der Verzweiflung, die sie immer dann überkam, wenn sie an ihre einsame Zukunft dachte. Doch alles, was sie fand und spürte, war eine alles umfassende Ruhe, ein Frieden, der ihr wundes Herz heilte. Es war, als hätten die Tränen in ihr verweilt, wo sie sich vermehrt und ihr immer wieder die Luft zum Atmen genommen hatten. Bis sie sich schlussendlich mit Gewalt einen Weg nach draußen bahnten, um alles mit sich reißend, davon zuströmen, sodass am Ende ihre Seele gereinigt und befreit endlich wieder atmen konnte.

Wenn Rose im Nachhinein ihre Gefühle in dieser wundersamen Nacht benennen wollte, beschrieb sie sie, als eine allumfassende Liebe, die sie selbst, die Menschheit und das ganze Universum mit einschloss. Und gewiss nicht erst zuletzt, diesen wunderbaren Hund, der ihr in der Kühle der Nacht, seine Wärme gespendet hatte.

Dieses Erlebnis hatte ihre endgültige Wandlung vollendet, die mit einem Hund begonnen hatte und nun war sie ein anderer Mensch. Alles Schwere war von ihr abgefallen, die tiefe Ruhe füllte noch immer ihr Innerstes aus und vor allem anderen, überwog die Dankbarkeit in ihrem Herzen. Sie wusste, dass sie eine zweite Chance bekommen hatte, dass sie ansonsten von ihren Ängsten, den Erinnerungen und der Einsamkeit langsam erdrückt worden wäre. Stattdessen lebte sie nun endlich ihren Traum.

Natürlich war sich Rose völlig im Klaren darüber, dass auch wieder dunkle Stunden kommen würden, doch sie wusste nun, dass sie es auch aus den finstersten Tälern wieder ans Licht schaffen konnte. Denn sie liebte und wurde geliebt und in der Liebe lag Hoffnung und Heilung.

Als ihre Gäste am verabredeten Tag pünktlich erschienen, spürte Gundula die Veränderung, die mit ihrer Freundin vorgegangen war, sofort. Auch Sally wunderte sich über die Ausstrahlung, die ihre Mutter nun besaß. Nachdem die beiden Frauen nicht locker ließen, erzählte Rose ihnen von der Nacht nach dem Umzug und deren Folgen.

Gundula liefen Tränen der Erleichterung über die Wangen und sie umarmte ihre beste Freundin ganz fest.

„Endlich, Gott sei Dank! Ich habe mir solche Sorgen um dich gemacht, aber jetzt kann ich beruhigt verreisen, denn du konntest endlich das Vergangene loslassen."

Auch Sally schien wie erlöst.

„Mensch Mama, ich bin so erleichtert! Seit Papas Tod warst du nicht mehr die Alte und ich hatte immer ein schlechtes Gewissen, dass ich dich alleine gelassen habe. Aber jetzt ist alles gut, oder?"

Rose küsste ihre Tochter zärtlich auf die Stirn und strich ihr liebevoll über das Haar.

„Ja mein Liebling, jetzt ist alles wieder gut. Vielleicht sogar noch ein klein wenig besser, als gut, denn schließlich habe ich nun auch endlich meinen Hund."

Verschmitzt zwinkerte sie Gundula zu.

„Ich will auch lieber nicht nachhaken, seit wann du gewusst hast, dass die arme Frau Bremer nicht mehr nach Hause kann. Dafür bin ich dir viel zu dankbar. Manchmal braucht man eben einen Schubs in die richtige Richtung, wenn man es von alleine nicht schafft."

Gundula lachte übers ganze Gesicht.

„Mein liebstes Wandelröschen, leider muss ich dir sagen, dass es bei dir ein ausgewachsener Tritt in den Allerwertesten sein musste. Aber ich kenne dich eben schon so lange, dass ich genau weiß, was gut für dich ist. Und weil wir schon beim Thema sind, hier ist dein versprochenes Vorgeburtstagsgeschenk. Sally zeigst du deiner alten Mutter dann bitte mal, wie sie mit der Technik umgehen muss! Deine Emailadresse lautet übrigens: Wandelröschen@t-online.de, ist das nicht hübsch? Meine Adresse hat Sally schon in dein digitales Adressbuch eingetragen, ihre eigene natürlich auch. Auf diese Weise können wir uns jederzeit schreiben!"

Sally lachte über die beiden älteren Damen.

Sie hatte keine Bedenken, dass ihre Mutter mit dem Laptop oder dem Internet zurechtkommen würde. Immerhin hatte sie bis vor ein paar Wochen, jeden Tag damit arbeiten müssen. Trotzdem dauerte es ein paar Stunden, bis Rose ihr versicherte, jetzt würde sie auch alleine klarkommen. Im Notfall konnte sie Sally ja auf dem Handy erreichen, wenn sie nicht weiter wusste.

Es war schon spät, als alle gefahren waren. Der Abschied von Gundula war Rose sehr schwergefallen und auch Gundula selbst hatte bittere Tränen geweint. Schluchzend lagen sie sich in den Armen, bis Berthold schließlich dazwischen ging.

„Ach Gundi, wenn es dir so schwerfällt wegzugehen, blasen wir die große Reise einfach ab und fahren stattdessen eine Woche nach Usedom. Mir ist das auch recht!"

Sofort ließ seine Frau ihre beste Freundin los und blickte entrüstet zu ihrem Mann hinüber.

„Das würde dir so passen! Nein mein Lieber, du hast es versprochen und nun fahren wir auch. Nach Usedom kannst du wieder, wenn ich die Welt gesehen habe."

Berthold stöhnte entsetzt auf.

„Nun ist es also schon die ganze Welt? Herr im Himmel, diese Frau bringt mich noch um den Verstand!"

Anklagend sah er zu Rose, die unter Tränen lachte und nur mit den Achseln zuckte.

„Ach je, du Armer, aber lass mal, es könnte alles noch viel schlimmer sein. Kennst du nicht das Märchen vom Fischer und seiner Frau?

"Manntje, Manntje, Timpe Te,
Buttje, Buttje in der See,
mine Fru, de Ilsebill,
will nich so, as ik wol will."

Da hörst du es! Wenn Gundi Papst werden will, falls ihr je nach Rom reisen solltet, komme ich persönlich und wasche ihr den Kopf! Versprochen!"
Im Vorbeifahren ließ Berthold seine Scheibe herunter und rief Rose zu:
„Na hier muss es ja wohl heißen, vom armen Arzt und seiner Frau. Aua!"
Gundula hatte ihn in den Arm geknufft und winkte ein letztes Mal lachend herüber. Dann waren sie fort. Kurze Zeit später fuhren auch Philip und Sally los. Dieses Mal, würde es bis zum nächsten Wiedersehen länger dauern.

Etwas wehmütig räumte Rose die Reste ihrer kleinen Feier weg und ging dann lange mit Jette spazieren. Die Hündin entfernte sich nie mehr als fünf Meter von ihr und in stillem Einvernehmen wanderten sie durch den milden Sommerabend.
Als sie nach Hause kamen und Jette ihr Futter bekommen hatte, schaltete Rose ihren neuen Laptop ein. Auch wenn sie müde war, spürte sie doch, dass sie noch etwas zu erledigen hatte, bevor sie endgültig zur Ruhe kommen konnte. Sie öffnete ihr Email – Postfach, suchte die richtige Adresse heraus und begann zu schreiben.

Von: Wandelröschen@t-online.de
An: Gundi@Thormann.de

Betreff: *Was ich dir noch sagen wollte...*

*Herzallerliebste Freundin, meine geliebte Gundi,
vermutlich wirst du diese Mail erst in ein paar Tagen
lesen, denn im Augenblick bist du ja schwer mit
euren Reisevorbereitungen beschäftigt. Ich freue
mich so sehr für dich, dass dein Traum endlich wahr
wird!*

*Erinnerst du dich noch an unsere Mittagspausen, in
denen wir beide keine Lust hatten, wieder zur Arbeit
zurückzukehren? Oder wenn es so viel zu tun gab,
dass wir laut lachten, weil wir sonst vor
Überforderung geweint hätten? In diesen Momenten
trösteten wir uns immer, mit dem Gedanken an
unser gemeinsames Altwerden, das wir größtenteils
auf einer Parkbank verbringen wollten, wo wir dann,
selig in Erinnerungen schwelgend, die Tage genießen
würden.*

*Als ich dann aber tatsächlich in Rente ging, war alles
anders. Ich war allein und die Arbeit, die mir eine
gewisse Kontinuität geboten hatte, fiel nun auch
weg. Ich fühlte mich haltlos, verloren, überflüssig.
Wenn man feststellt, dass man im Spiel des Lebens
nicht mehr alle Karten in der Hand hat, erschrickt
man, doch wenn man von dem Gefühl überrollt wird,
gar nicht mehr mitspielen zu können, ist man nur
noch ohnmächtig und wehrlos.*

*In diesem Zustand befand ich mich schon einige Zeit
und an dem Tag, als wir auf unseren Ruhestand
anstoßen wollten, hatte ich endgültig das Gefühl,
mein Leben sei bereits vorüber.*

*Aber ich bin mir sicher, dass du all das bereits längst
weißt, sonst hättest du wohl nicht zu so drastischen*

Lebenserhaltungsmaßnahmen gegriffen, wie du es letztendlich ja getan hast.

Ich glaube, es gibt im Leben eines jeden Menschen Kreise, die ihn umgeben und in diesen Kreisen befinden sich wiederum die Menschen, die unser Leben ausmachen, es erst zu unserem ganz eigenen Leben werden lassen.

Im äußersten Kreis befinden sich Bekannte, Leute, mit denen man sich unterhält, für die man auch gerne mal auf ein Schwätzchen stehen bleibt.

Dann im nächsten Kreis kommen die Freunde und Verwandten, die man auf Feiern trifft, mit denen man auch gut ein Glas Wein trinken kann und von denen man die gegenseitigen Lebensumstände kennt.

Der folgende Kreis, ist sehr viel kleiner, denn dort gibt es Menschen, die man auch in der Nacht anrufen kann, wenn es sein muss. Die schwere Möbelstücke hin- und herschleppen und mit denen man sich umgibt, wenn man Glück oder Leid erfährt. Denen man fast alles erzählen kann, weil sie einen nie verraten würden. Beinahe jeder Mensch hat einen oder vielleicht auch mehrere dieser Vertrauten und wenn dem so ist, sollte er sich glücklich schätzen.

Doch dann gibt es noch einen weiteren Kreis, er ist ganz klein und eng und bei Vielen bleibt er leer, denn da ganz dicht am Herzen, wohnen die verwandten Seelen. Jeder Mensch, der so eine verwandte Seele an seiner Seite hat, gehört zu den Gesegneten, denn er weiß, dass es da jemanden gibt, der auch ohne Worte versteht, der nur festhält, wenn es keinen

41

anderen Trost mehr gibt. Der nicht zweifelt, sondern annimmt, der auch bei räumlicher Trennung den Rücken stärkt, einfach dadurch, dass es ihn irgendwo auf dieser Erde für dich gibt.
Dieser Mensch bist du für mich, meine liebste Gundi! Du hast für mich meine Träume bewahrt, als ich keine Kraft mehr hatte sie zu halten. Du hast mir einen neuen Weg gezeigt und bist die ersten Schritte mit mir gegangen, bis ich aus eigenem Antrieb weitergehen konnte. Ich kann dir niemals genug dafür und für alles andere danken, aber solltest du einmal ins Straucheln kommen, werde ich versuchen, das Selbe für dich zu tun! Ich bin immer für dich da, so wie du es auch für mich bist!
Ich danke Gott, dass es dich für mich gibt!
Bleibe behütet!
In tiefer Liebe
Dein Wandelröschen

Sie las sich die Email noch ein letztes Mal durch, dann drückte sie auf Senden. Gundula wusste das alles längst und doch hatte Rose das dringende Bedürfnis verspürt, es noch einmal aufzuschreiben, damit ihre beste Freundin es schwarz auf weiß lesen konnte. Ihre Freundschaft war ein großes Geschenk, in den vielen Jahren hatten sie alles gemeinsam durchlebt, von Geburt über Krankheit bis zum Tod.

Oft waren Lachen und Weinen ganz dicht beieinander gewesen und das Wissen, dass es einen Menschen gab, bei dem man all den Ballast abladen konnte, um ihn dann gemeinsam zu tragen, hatte sie aus manch finsterem Tal herausgeführt.

Dass sie nun beide ihre Träume leben durften, die Erkenntnis, dass es noch nicht zu spät für einen Neubeginn war, hatte sie einzig und allein Gundula zu verdanken.

Dabei waren sie in ihrem Wesen durchaus unterschiedlich und hätten nie und nimmer auf engem Raum zusammen leben können. Doch ihre Seelen schwangen im Gleichklang und das unermessliche Vertrauen, das sie verband, schuf das Übrige.

Mit einem zufriedenen Seufzer ging sie in die Küche, um sich ein Glas Rotwein einzuschenken.

Sie musste heute Nacht noch eine Mail schreiben, ehe sie beruhigt schlafen konnte.

Von: Wandelröschen@t-online.de
An: Swandel@gmail.com

Betreff: *Was ich dir noch sagen wollte...*

Mein geliebtes Kind, liebste Sally,
du wunderst dich vielleicht darüber, dass ich dir eine so ausführliche Mail schreibe, obgleich wir uns doch eben erst verabschiedet haben. Doch ich habe das unwiderstehliche Bedürfnis, es zu tun und wenn ich eines in den letzten Wochen begriffen habe, dann ist es, meinem Herzen zu folgen.

*Als ich dich zum ersten Mal in meinen Armen hielt,
warst du schon eine Woche alt. Du kamst drei
Monate zu früh auf die Welt und warst ganz winzig,
ein bisschen wirktest du wie ein kleines Alien mit
deinen glatten Ohren und den riesigen Augen in dem
zarten Gesichtchen. Ich erinnere mich noch genau
an den allerersten Moment, in dem ich dich genau
betrachten durfte. Ich saß neben dem Inkubator und
dachte, wenn das jetzt gar nicht mein Kind ist, so
würde ich es nicht einmal wissen. Denn obgleich ich
dich mehr als ein halbes Jahr in mir getragen, mein
Herzschlag dich ständig begleitet hatte, wusste ich
doch nicht, wie du aussehen, wie du sein würdest.
Doch dann bewegte sich dein winziges Mündchen,
als wolltest du lächeln und ich konnte die Grübchen
erkennen, die auch in meinen Wangen zu sehen sind,
wenn ich lächele. Da erkannte ich dich mit all
meinen Sinnen und mein Herz jubelte, da liegt mein
Kind, meine Tochter.*

*Deine ersten Lebenstage waren nicht leicht für uns,
jeden Tag saß ich neben dir und berührte mit meiner
Hand deinen Körper. Du solltest spüren, dass ich bei
dir war, ganz nah. Seltsamerweise bedrückte mich
am meisten die Tatsache, dass ich deinen Geruch
nicht kannte. Ich würde dich nicht an ihm erkennen
können und das fehlte mir. Seither verstehe ich die
Tiere, die ihre Jungen nicht mehr annehmen, weil sie
nicht mehr vertraut riechen.*

*Ich war nicht mehr ganz jung bei deiner Geburt, wir
hatten lange vergeblich versucht, ein Kind zu
bekommen. Und als du in meinen Armen lagst,*

wurde mir das Wunder, das mir zuteilgeworden war, in seiner ganzen Tragweite bewusst.

Du weißt, dass ich nach dir noch drei Fehlgeburten erlitt, danach gaben wir endgültig auf und ich musste meinen Traum von der Großfamilie begraben.

Umso mehr versuchte ich, jeden Augenblick mit dir ganz intensiv zu genießen, denn ich wusste, dass ich nichts davon noch einmal erleben würde. Es war ein schwieriger Balanceakt für mich, denn ich durfte dich mit meiner Liebe auch nicht erdrücken. Aber ich habe dich so unendlich geliebt, vom ersten Moment an warst du mein Herzenskind, meine ganz große Liebe und bist es noch immer.

Jeder Schritt, den du alleine gehen konntest, machte mich stolz und schmerzte zugleich, denn er machte mir bewusst, dass ich dich nicht behalten konnte. Du warst nicht mein Besitz, du warst mir nur geliehen, meine Aufgabe bestand darin, dir das Rüstzeug für ein gutes Leben mit auf den Weg zu geben. Dein Vater und ich haben versucht, dir ein starkes Fundament zu erschaffen, auf dem du dein Leben fest und sicher aufbauen konntest. Selbst in stürmischen Zeiten würde es Bestand haben müssen. Ich hoffe und glaube, dass uns das ganz gut gelungen ist, denn nun baust du an deinem Lebensgebäude. Du bist erwachsen und ich bin so unsagbar stolz auf dich! Doch für mich wirst du immer mein kleines Mädchen bleiben, selbst wenn du graue Haare und Arthritis bekommst. Im Augenblick der Geburt oder vielleicht auch schon davor, verschenken wir ein großes Stück unseres Herzens und bekommen es nie mehr zurück. Es bleibt bei unseren Kindern und für das Geschenk ihres Lebens, bezahlen wir mit immerwährender Sehnsucht und Sorge um ihr Wohlergehen.

Manchmal denke ich, Kinder verursachen uns Schmerzen, wenn sie kommen und wenn sie wieder gehen. Das Loslassen ist so unendlich schwer, das wirst du vielleicht eines Tages begreifen, wenn du selbst einmal Mutter bist. Doch jeder Schmerz, jede Sorge und jede Träne wird tausendfach aufgewogen vom Glück, Mutter zu sein. Mein größtes Glück ist es, deine Mutter zu sein! Du warst mein größtes Geschenk und wirst es immer bleiben.

Ich möchte, dass du weißt, dass du dich nun nicht mehr um mich zu sorgen brauchst. Ich weiß, dass du das in den letzten Jahren getan hast! Es hat eine Weile gedauert, doch nun bin ich endlich angekommen, bei mir, in mir und in meinem Leben. Ich bin unendlich reich und habe so viel Gutes in meinem Leben erfahren! Dass es auch dunkle Zeiten gab, gehört einfach zum Leben dazu. Das habe ich erst jetzt richtig begriffen. Wer niemals die Dunkelheit erlebt, kann das Licht nicht schätzen. Ich bin dankbar für alles in meinem Leben, denn nur so vollständig, ist es auch mein Leben. Ich glaube, Dankbarkeit ist der Schlüssel zum Glück! Und darum werde ich nun glücklich sein und ich wünsche mir nur noch, dass auch du es sein wirst!

Gott behüte dich, geliebtes Kind!

In ewig währender Liebe
Deine Mutter

Rose wischte sich eine Träne aus dem Augenwinkel, ihre Zeilen hatten sie selbst gerührt und sie in eine lange vergangene Zeit zurückversetzt.

Aber nun war es gut, sie drückte auf Senden, damit auch dieser Brief seine Empfängerin erreichen konnte.

Endlich war alles gesagt, durfte sie schlafen und morgen würde ein neuer Tag beginnen. Bei diesem Gedanken lächelte sie, denn sie spürte, wie Freude in ihr aufkeimte, wie prickelnde Luftbläschen in einem Glas, stiegen sie an die Oberfläche. Endlich war die Leichtigkeit in ihr Leben zurückgekehrt, etwas von dem sie nicht mehr geglaubt hatte, dass es noch möglich wäre. Vielleicht bot sich irgendwann eine Gelegenheit, etwas von dem geschenkten Glück weiterzugeben. Das wäre schön, dachte sie.

Rose gähnte herzhaft, dann fuhr sie den Computer herunter und als sie schließlich in ihr gemütliches Bett sank, war das Letzte, was sie vernahm, das glückliche Seufzen ihrer Hündin.

Tobias

Stöhnend richtete Rose sich auf und hielt sich den schmerzenden Rücken. Schon seit dem frühen Morgen kämpfte sie im Garten gegen das Unkraut und hatte bereits einige schöne Stauden freigelegt, die bei guter Pflege im nächsten Jahr sicher üppig blühen würden. Mittlerweile war es fast Mittag und ihr lief der Schweiß in Strömen über Gesicht und Rücken. Außerdem fühlte sie sich schon ganz wacklig auf den Beinen, anscheinend war sie völlig unterzuckert. Rose hatte nicht gewusst, wie anstrengend Gartenarbeit sein konnte. Zu ihrer Wohnung hatte kein Garten gehört und damals, zu Hause bei ihren Eltern, hatte sie nur leichte Arbeiten verrichten müssen. Obwohl sie nie einen Garten besessen hatte, kannte Rose sich erstaunlich gut aus, denn sie liebte Gärten. Als Friedo noch gelebt hatte, musste er jedes Jahr mit ihr zu den großen Gartenausstellungen fahren und sie abonnierte schon seit Jahren eine Gartenzeitschrift.

Bei allen Kenntnissen musste sie sich jedoch eingestehen, dass sie es allein nicht schaffen würde. Sie brauchte Hilfe! Entschlossen marschierte sie ins Haus und aß erst mal eine Schale Müsli. Als sie sich gestärkt fühlte, wusch sie sich, zog sich um und rief nach Jette.

„Komm meine Süße, wir gehen mal ins Dorf und kaufen ein bisschen ein. Und vielleicht haben wir sogar Glück und finden eine Lösung für unser Gartenproblem."

Der Tag war sehr warm, doch das längste Stück des Weges führte unter alten Bäumen entlang. Es war eine richtige Allee aus Birken, Buchen und einigen alten Eichen. Im Hintergrund rauschten die hohen Wipfel unzähliger Nadelbäume.

Als sie das Dorf erreichten, fühlte Rose sich frisch und erholt, sie kaufte das Nötigste ein und natürlich auch ein paar unnötige, aber angenehme Dinge. Beim Bezahlen fiel ihr Blick auf eine breite Pinnwand, die gleich neben dem Ausgang angebracht war. Daran hingen jede Menge kleiner gelber Zettel, auch ein paar große Seiten, mit eingeschnittenem Rand auf dem Telefonnummern standen, waren darunter. Interessiert las Rose sich die Inserate durch. Von gebrauchten Sofas, über Schrankwände bis hin zu jungen Katzen wurde alles angeboten. Fast hätte sie den kleinen Zettel übersehen. Er war hinter das Bild eines ramponierten Schaukelpferdes gerutscht. Mit krakeliger Handschrift stand darauf:

„Suche Ferienjob! Mache fast alles! Bezahlung - Verhandlungssache!"

Eine Telefonnummer stand darunter und Rose bat die Verkäuferin um Zettel und Stift.

Kaum wieder zu Hause angekommen, wählte sie die Handynummer und lauschte mit angehaltenem Atem. Sie hatte noch nie fremde Hilfe in Anspruch genommen, jedenfalls nicht für länger und gewiss nicht für Arbeiten, die sie genauso gut selber erledigen konnte. Doch dieses Mal würde sie alleine nicht weiterkommen. Da sie hoffte, dass es mit den schweren Aufräumarbeiten getan wäre und sie dann wieder alleine weitermachen konnte, erschien ihr ein Ferienjob perfekt für ihre Zwecke.

Nach dem vierten Klingeln meldete sich eine Jungenstimme am anderen Ende.

„Hallo? Tobias hier!"

„Hallo Tobias, hier spricht Rose Wandel, du kennst mich nicht. Ich bin erst vor ein paar Tagen hergezogen und wohne jetzt in dem kleinen Haus im Wald. Ich habe vorhin beim Einkaufen deinen Zettel entdeckt und dachte, ich rufe dich einfach mal an. Mein Garten ist schrecklich verwildert und ich habe schon versucht, ihn wieder etwas zu kultivieren. Leider musste ich feststellen, dass ich es alleine nicht schaffen kann und da kommst nun du ins Spiel. Könntest du dir vorstellen, während deiner Ferien mit mir zusammen in meinem Garten zu arbeiten? Du musst mir natürlich noch sagen, was du dafür haben willst! Was meinst du?"

„Na, versuchen kann ich es ja mal. Ich komme morgen früh so gegen neun bei Ihnen vorbei. Dann kann ich mir ansehen, was ich machen soll und so. Ist das okay?"

„Aber ja, das ist sogar sehr okay! Prima! Ich freue mich! Dann also bis morgen!"

Nachdem sie aufgelegt hatte, versuchte Rose sich den Jungen, der zu der Stimme gehörte, vorzustellen. Sie war schon sehr gespannt auf ihn.

Als Rose am nächsten Tag, kurz vor halb neun von ihrem Spaziergang mit Jette zum Haus zurückkam, bemerkte sie sofort das leicht schäbige Fahrrad, das an ihrem Zaun lehnte. Kein Wunder, dass Tobias in den Ferien jobbte, seine Eltern schienen nicht viel Geld zu haben. Jette begann zu bellen und lief Rose voraus in den Garten. Sie beeilte sich, hinterherzukommen, denn sie wollte nicht, dass der Junge Angst bekäme. Doch zu ihrer Überraschung bot sich ihr ein friedliches Bild, als sie keuchend um die Hausecke bog. Im Gras kniete ein schmächtiger Junge, dem die blonden Haare immer wieder in die Stirn fielen. Er streichelte mit beiden Händen das dichte Fell der Hündin und sprach dabei zärtlich auf sie ein. Neben seinen Füßen lag bereits ein erklecklicher Haufen ausgezogener Grassoden. Er musste wohl schon eine Weile hier sein.

Der Junge zuckte zusammen, als er Roses Stimme hörte.

„Hallo, du musst Tobias sein! Meine Güte, warst du aber schon fleißig, da bekomme ich ja ein richtig schlechtes Gewissen, dass ich mich mit Jette so verträdelt habe."

Tobias sah zu ihr hoch, er hatte blaue Augen, die sie nun forschend betrachteten.

„Heißt sie Jette?"

Er strich dem Hund liebevoll über den Kopf und Rose spürte, wie ihr Herz bei diesem Anblick dahin schmolz.

„Ja, das ist Jette, aber ihr habt euch ja schon bekannt gemacht. Bedeutet dein verfrühter Arbeitseinsatz, dass du es mit mir versuchen willst?"

Tobias zuckte mit den Achseln und stand dann auf. Er wischte sich seine dreckigen Hände an seiner ohnehin schon schmuddeligen Jeans ab und kam auf Rose zu.

„Ich mag diesen Ort, mochte ihn schon immer. Es ist so schön friedlich hier. Meinetwegen helfe ich Ihnen gern."

Rose schloss die Tür auf und drehte sich zu dem Jungen um.

„Was hältst du davon, wenn wir unsere Zusammenarbeit bei einem zweiten Frühstück im Garten besprechen. Ich habe gestern frisches Weißbrot gebacken und du magst doch sicher einen Becher Kakao dazu."

Zögernd folgte Tobias ihr schließlich hinein.

Als sie friedlich im Garten beisammen saßen und Kaffee bzw. Kakao tranken, versuchte Rose behutsam, etwas über Tobias herauszufinden, doch der Junge war äußerst verschlossen und gab nur wenig von sich preis. Auch war er sehr bescheiden und Rose bot ihm schließlich von sich aus an, ihm mindestens acht Euro die Stunde zu zahlen, vorausgesetzt, er würde weiter so fleißig arbeiten. Nach dem Frühstück räumten sie zusammen den

Tisch ab und dann arbeiteten sie bis zu einem späten Mittagessen einträchtig nebeneinander. Tobias hatte zunächst abgelehnt, auch noch zu Mittag bei ihr zu essen, doch Rose hatte sich durchgesetzt. Sie würde sonst ja immer alleine essen müssen und da war es doch eine angenehme Abwechslung, einmal einen Tischnachbarn zu haben.

Am Abend, nachdem Tobias nach Hause geradelt war, betrachtete Rose zufrieden ihr Tagwerk. Der Junge war fleißig und geschickt und wenn sie so weitermachten, wäre der Garten binnen Kurzem wieder wie neu.

Tatsächlich konnten sie schon zwei Wochen später in den Gartenmarkt fahren und einige wunderschöne Stauden, ein paar Ziergräser und noch so allerlei Kleinkram besorgen. Tobias hatte sie überredet, einen Rosenbogen samt Kletterrose zu kaufen und ihn über dem kleinen Weg zwischen Garten und Haus aufzustellen. Stolz begutachteten sie ihr Werk als am nächsten Tag alles aufgestellt und eingepflanzt war. Zur Belohnung machten sie es sich auf der neu gestrichenen Gartenbank gemütlich und stießen mit selbst gemachtem Brombeersaft an.

„Morgen könnten wir noch die hintere Gartenecke entkrauten. Ich finde, da würde ein kleiner Teich doch ganz prima hinpassen, findest du nicht? Oh Entschuldigung, ich meine, finden Sie nicht auch?" Verlegen nahm er einen Schluck aus seinem Glas.

Rose hielt ihm ihr Glas entgegen und blickte ihm ernst in die Augen.

„Ich bin Rose und ich würde mich sehr freuen, wenn du mich auch so nennen würdest! Ich bin dir sehr dankbar für das, was du hier tust! Ohne dich wäre ich niemals so weit gekommen."

Er stieß mit ihr an und nippte dann an seinem Saft. Offensichtlich rührte ihn das Lob und etwas peinlich war ihm die Situation wohl auch. Rose rettete ihn, indem sie ihn nach seinen Plänen für den Teich befragte. Sofort verflog seine Befangenheit und begeistert redete er drauf los. Der Junge hatte wirklich ein Händchen für Gartengestaltung, dachte sie, während sie aufmerksam und etwas amüsiert seinen Plänen lauschte.

Aus weiter Ferne, so nah

Über ihrer Gartenleidenschaft und den Gedanken, die sie sich ständig über Tobias machte, vergaß Rose beinahe ihr neues Kommunikationsmittel. Aufgeregt sah sie in ihrem Emailpostfach nach und entdeckte freudig erregt, dass sie zwei neue Nachrichten erhalten hatte.

Von: Swandel@gmail.com
An: Wandelröschen@t-online.de

Betreff: *Danke!*

Liebste Mama,
Danke, danke, danke für deine wunderbaren Zeilen! Ich hatte schon ein gutes Gefühl, als wir am Sonntag von dir wegfuhren, aber deine tolle Mail hat auch noch meine letzten Zweifel zerstreut.
Du warst und bist eine großartige Mutter! Ich wusste immer, dass ich geliebt werde und das gibt mir die Sicherheit, durchs Leben zu gehen und mich auch immer wieder auf neue Menschen einzulassen. Ich hatte eine Kindheit auf der Sonnenseite des Lebens und diese Zeit war ausreichend, damit ihr mir ein ganz starkes Fundament bauen konntet! Ich weiß, wie viel Kraft dich die Zeit mit Papas Krankheit und sein Tod gekostet hat, aber ich bin dir immer dankbar, dass du nicht versucht hast, mich festzuhalten, als ich gehen wollte. Ich habe oft mit mir gehadert, ob es richtig war, dich allein zu lassen,

aber ich wusste ja, dass du noch Gundi hattest. Ich bin so froh, dass es dir jetzt so gut geht! Du hast es so sehr verdient! Ich verspreche dir, wir lassen nicht wieder Monate ins Land ziehen, bis wir uns wiedersehen! Bleib auch du behütet! Ich liebe Dich so unbeschreiblich!
Deine Sally

Rose schniefte und holte sich rasch ein Taschentuch. Also wirklich, sie wurde immer sentimentaler mit den Jahren. Doch dass Sally sich gemeldet hatte und sie ein so gutes Verhältnis hatten, machte sie unsagbar glücklich.
Nun freute sie sich darauf, auch die zweite Nachricht zu lesen.

Von: <u>Gundi@Thormann.de</u>
An: <u>Wandelröschen@t-online.de</u>

Betreff: *Schnief, Schluchz!*

Ach mein liebstes Wandelröschen,
du hast eine alte Frau zu Tränen gerührt! Berthold hat mich „eine alte Heulsuse" genannt, hat man Töne. Aber dann habe ich ihm einen Absatz vorgelesen und ich schwöre dir, er hatte auch ganz feuchte Häschenaugen. Ich kann das nicht so ausdrücken wie du, aber mir geht es ganz genauso wie dir und unsere Parkbank, die stellen wir dann einfach in deinem Garten auf. Meinst du, wir könnten vielleicht noch eine Fußbank organisieren

und ganz dicke Polster? Meine Bandscheibe zwickt mich in letzter Zeit so fürchterlich. Allerdings muss ich das vor meinem Mann verheimlichen, sonst nimmt er das gleich wieder als Ausrede, schnell nach Hause zu eilen. Das lasse ich ihm aber nicht durchgehen, geschenkt ist geschenkt!

Wir haben gestern unsere erste „Station" erreicht – Paris! Es sind doch tatsächlich ziemlich genau eintausend Kilometer von uns bis Paris. Ich kann dir sagen, ich war krumm und lahm, als wir endlich ankamen. Dabei haben wir vor der französischen Grenze noch eine Nacht in Belgien übernachtet. Wir waren uns zuerst unsicher, weil die Raststätten an der Autobahn in Belgien richtig übel sind! Wir haben natürlich nicht alle gesehen (so häufig muss nicht einmal ich aufs Klo), aber schließlich siegte das Alter über den Stolz. Wir fanden einen kleinen Campingplatz in einer zauberhaften Stadt, absolut pittoresk. Die hätte dir sicher gefallen. Jedenfalls hat Belgien seinen Ruf bei uns doch noch gerettet.

Gestern sind wir dann nach Paris, ich wollte ja unbedingt nach Notre Dame, Du kennst ja meine Schwäche für Victor Hugo, aber wir konnten es partout nicht finden. Irgendwann schluckte mein Göttergatte seinen Stolz herunter und kaufte einen Stadtplan, sodass wir diese riesige Kathedrale schließlich doch noch fanden. Beeindruckend, wirklich! Ich war hingerissen! Diese Architektur, diese Buntglasfenster und diese schiere Größe! Berthold verbrachte seine „Zwangskulturzeit", so nennt er das, erst mit einem Nickerchen und anschließend überlegte er laut, wie oft man unser Wohnmobil hier wohl einparken könnte. Also mal ehrlich, und dieser Mann hat sogar seinen Doktor gemacht! Aber ich wusste ja, dass er keinen Sinn für Kultur hat. Mal so unter uns, gerade deshalb bin ich ihm umso dankbarer, dass er das hier mit mir macht. Das sage ich ihm aber erst am Schluss, sonst wird er mir zu aufmüpfig.

Meine liebste Szene kam aber erst nach unserer Besichtigung. Kaum waren wir wieder weg von Notre Dame, um uns den Eiffelturm anzusehen, führte scheinbar jede Straße zu dieser verflixten Kathedrale. Irgendwann beschlossen wir dann, dass der Eiffelturm überbewertet wird und man ihn ja ohnehin von fast überall sehen kann. Wir wollten nur noch aus der Stadt heraus, aber verflixt und zugenäht auch, fuhren wir schon wieder die Champs Élysées hinauf und hinunter. Der große Kreisel hat ungefähr zwölf Spuren und Franzosen finden die Funktion des Blinkers offensichtlich völlig überflüssig. Wer raus will, der fährt eben vite, vite, ob er nun auf der äußersten Spur fährt oder ganz innen spielt gar keine Rolle! C´est la vie! Ich dachte wirklich, mein armer Berthold bekommt noch einen Herzinfarkt! Spätestens, als wir zum dritten Mal in diesen Moloch von Kreisel eingesogen wurden, fürchtete ich, mich mit dieser Reise selbst zur Witwe gemacht zu haben. Aber dem Himmel sei Dank, wir haben es geschafft, wir sind Paris entkommen!

Im Moment fahren wir Richtung Provence, noch geht es gen Süden, bis wir dann am Atlantik entlang

wieder Richtung Norden unterwegs sein werden. Berthold weigert sich, noch südlicher zu fahren, er sagt, er sei schon mit dem französischen Naturell nicht kompatibel, wie würde es ihm da erst in Italien ergehen. Aber mir ist es recht so, in Rom soll das Autofahren noch viel verrückter sein. Und dann mein Berthold in unserem dicken Schneckenhaus!
Ach es geht uns gut, na mir auf jeden Fall! Ich koche jetzt gleich etwas Leckeres, dann ist auch mein Mann wieder mit der Welt, der Weiten, versöhnt. Du fehlst mir! Aber ein Hoch auf die Technik! Wir schreiben/ lesen uns bald wieder!!!

Bon nuit, mon Amie
(Das soll heißen: Gute Nacht meine Freundin! Ob es das auch tut, weiß ich nicht, ist mir aber auch wurscht, klingen tut es auf jeden Fall gut!)

Dicke Umarmung!
Deine Gundi

Rose schmunzelte noch, als der Computer längst ausgeschaltet war und sie sich ihr Abendessen bereitete. Dank Gundulas ausführlichen Schilderungen, konnte sie ihre Freunde im Geiste ganz deutlich vor ihrem inneren Auge sehen. In ihren Interessen waren die beiden so grundverschieden und doch war ihre Ehe nun schon seit einigen Jahrzehnten glücklich. Rose kannte kein anderes Paar, das so miteinander verbunden war und sich so aufeinander eingestellt hatte, ohne sich vom Partner dabei verbiegen zu lassen. Sie vermisste sie sehr, besonders natürlich ihre beste Freundin. Nie zuvor waren sie so lange Zeit voneinander getrennt gewesen. Wenn sie sich vorstellte, wie sie diese Trennung allein in ihrer Stadtwohnung hätte überstehen sollen, wurde ihr ganz übel. Schnell aß sie auf und dann eilte sie mit Jette ins Freie, um die dunklen Gedanken zu vertreiben.

Mutter und Sohn

Selbst an den Sonntagen kam der Junge, um ihr zu helfen. Zu Beginn hatte sie versucht, ihm das auszureden, doch schnitt ihr der enttäuschte Ausdruck in den blauen Augen so ins Herz, dass sie es nicht fertig gebracht hatte, ihn wegzuschicken. Ihre gemeinsamen Mahlzeiten wurden bald zur lieben Gewohnheit und beide genossen ihr friedvolles Miteinander.

Im Laufe der Zeit hatten sie eine gewisse Routine entwickelt und ehe sie es sich versahen, blieben von den Sommerferien nur noch zwei Wochen übrig und der Garten erstrahlte in neuem Glanz.

Rose hatte Tobias viel freie Hand gelassen, nachdem sie festgestellt hatte, wie gut sich seine Ideen in das Gesamtbild einfügten. Das Ergebnis war wunderschön! Überall blühte es nun, auf dem Teich spritzte eine kleine Solarpumpe Fontänen glitzernder Wasserperlen in die Luft. Am Rosenbogen öffnete die Kletterrose ihre zart rosafarbenen Blütenknospen, die einen betörenden Duft verströmten und am Stall wuchs eine Klematis, deren hell violette Blüten sich wunderbar vom Rot der Backsteine abhob, genau, wie Rose es sich gleich am ersten Tag vorgestellt hatte.

Obgleich sie in den letzten Wochen unzählige Stunden mit Tobias verbracht hatte, war es ihr noch immer nicht gelungen, mehr über ihn zu erfahren. Sie hatte sich durchaus darum bemüht, doch er blieb verschlossen. Offensichtlich war nur, dass er nicht so gerne zu Hause war, sonst hätte er wohl kaum, selbst an den Wochenenden, seine Zeit mit einer alten Frau verbracht. An manchen dieser Sonntage saßen sie stundenlang zusammen, aßen und tranken und freuten sich einfach über ihr gemeinsam vollbrachtes Werk. Das waren die Stunden, in denen Tobias ganz ruhig und zufrieden wirkte.

Oft schien er gehetzt, wenn er bei ihr ankam, wie innerlich getrieben. Rose schmerzte dieser Anblick, denn sie hatte ihren jungen Helfer sehr ins Herz geschlossen. Wie gern hätte sie erfahren, was ihn so belastete, um ihm vielleicht helfen zu können, doch von ihm selbst kam kein Wort über sich oder seine Familie.

Es sollte noch eine Weile vergehen, bis Rose mehr über Tobias herausfand und das kam von unerwarteter Seite.

Es war ein heißer Spätsommertag und Tobias war etwas früher gegangen, weil er im Waldsee noch eine Runde schwimmen wollte, ehe er nach Hause musste. Rose wollte sich noch rasch einen Kaffee kochen, als sie feststellen musste, dass sie gar keinen mehr im Haus hatte. Morgen war Sonntag, da blieben die Geschäfte geschlossen und das bedeutete, dass sie zwei Tage auf ihren geliebten Morgenkaffee verzichten müsste. Keine verlockenden Aussichten und so schwang sie sich auf ihr Fahrrad und fuhr ins Dorf, zum Einkaufen. Jette hatte sich geweigert, bei dieser Hitze am

Fahrrad zu laufen, und so hatte Rose sie im schattigen Garten zurückgelassen.

Als sie gerade dabei war, ihren allzu üppig ausgefallenen Einkauf auf ihrem Rad zu verstauen, hörte sie eine leise Stimme hinter sich. Sie drehte sich um und erblickte eine Frau, die sie fragend ansah.

„Bitte entschuldigen sie, wenn ich sie erschreckt habe! Sind sie Rose Wandel?"

Gespannt musterte die Fremde Rose.

„Ja, die bin ich in der Tat. Kann ich ihnen helfen?"

Ein leichtes Lächeln erhellte das Gesicht der Frau und Rose dachte, dass sie wohl mal sehr hübsch gewesen sein musste. Jetzt wirkte sie etwas verhärmt und das Lächeln schien beinahe ungeübt. Sie war ungeheuer dünn, ihre Kleidung hing an ihr herab, sodass der Eindruck entstand, die Sachen würden eigentlich jemand anderem gehören. Alles in allem bot sie ein recht mitleiderregendes Bild, wie Rose fand. Erwartungsvoll sah sie der Fremden ins Gesicht.

„Oh das haben sie schon! Ich meine, sie haben mir bereits geholfen, indem sie meinem Sohn so schöne Ferien bereitet haben. Ich bin Elisabeth Faber, die Mutter von Tobias. Ich möchte mich bei ihnen bedanken, dass sie sich so viel Mühe mit ihm geben. Er ist so gerne bei ihnen. Ich sehe ihn ja kaum noch!"

Bei diesen Worten huschte ein verletzter Ausdruck über ihr Gesicht.

Rose hob beide Hände und winkte ab.

„Aber es ist ja keineswegs so, dass ich Tobias aus reiner Mildtätigkeit bei mir aufnehme, er ist mir eine unschätzbare Hilfe. Er ist ungeheuer begabt, was Gestaltung und Pflanzen angeht und freundlicherweise hat er mir seine Gaben für ein kleines Entgelt zur Verfügung gestellt. Ihr Sohn hat in meinem Garten wahre Wunder vollbracht."

Verlegen, aber auch offensichtlich stolz, lächelte Elisabeth Rose an.

„Das freut mich sehr und erleichtert mich auch. Ich habe mir schon Sorgen gemacht, dass er ihnen vielleicht zur Last fallen könnte."

Rose schüttelte vehement den Kopf.

„Aber nein, gar nicht! Sie haben einen sehr feinen und begabten Sohn und obendrein ist er auch noch ausgesprochen fleißig. Was halten sie davon, wenn sie morgen mit Tobias zu mir zum Kaffee kommen würden? Da können sie sich dann selbst ein Bild von unserem Garten machen."

„Nein, nein, so war das doch nicht gemeint! Ich wollte mich wirklich nur bei ihnen bedanken und nicht auch noch Umstände verursachen!"

„Ach Unsinn! Das sind doch keine Umstände für mich! Tobias kann ihnen bestätigen, dass ich ohnehin jeden Sonntag frischen Kuchen backe. Ich habe, offen gestanden, eine kleine Schwäche für Kuchen, leider. Jedenfalls würde es mich sehr freuen, wenn sie kämen. Wir sind sehr stolz auf unsere Arbeit und es würde uns großen Spaß machen, ihnen alles zu zeigen! Bitte gönnen sie uns diese kleine Freude!"

Einen Augenblick zögerte Elisabeth Faber noch, doch schließlich nickte sie.

„Also gut, wir kommen dann so gegen drei Uhr. Ist das für sie in Ordnung?"

Rose strahlte sie an und reichte ihr die Hand.

„Das ist sogar sehr in Ordnung! Ich freue mich darauf! Bis morgen dann also!"

Mit diesen Worten schwang sie sich auf ihr Rad und fuhr gen Heimat. Vielleicht war das ihre Chance, etwas über Tobias und seine Familie zu erfahren und vielleicht konnte sie dann endlich auch verstehen, warum er manchmal den Eindruck erweckte, eine viel zu große Last schultern zu müssen.

Der Sonntag begann mit strahlendem Sonnenschein und Rose stand zeitig auf, um noch die kühle Morgenluft genießen zu können. Dann verbrachte sie den Vormittag mit Backen und Aufräumen. Durch die Mammutgartenaktion der vergangenen Wochen war ihr Haushalt etwas ins Hintertreffen geraten und so hatte sie gutzutun.

Es war schon nach Mittag, als sie endlich eine Kleinigkeit aß und anschließend mit großer Sorgfalt den Kaffeetisch draußen deckte. Schließlich trat sie einen Schritt zurück, um ihr Werk zu begutachten, und stellte zufrieden fest, dass es ihr gut gelungen war. Der leuchtend bunte Blumenstrauß kam in der blauen Bunzlauer Vase erst richtig zur Geltung und das dazu passende Geschirr wirkte rustikal und anheimelnd. Aus der

Küche wehte verführerisch der Duft frisch gebackenen Kuchens herüber, vermischt mit dem Aroma des Kaffees der, lustig blubbernd, in der Kaffeemaschine durchlief. Tobias Kakao hatte sie auch schon vorbereitet, denn sie wusste ja genau, wie er ihn am liebsten trank.

Rasch schlüpfte sie in ein frisches Kleid und stellte bei einem Blick auf die Uhr fest, dass ihre Gäste jeden Moment eintreffen konnten. Von Tobias war sie es ja gewohnt, dass er immer sehr pünktlich kam. Und wirklich klingelte es schon zwei Minuten später an der Haustür. Etwas überrascht, öffnete Rose ihrem Besuch und begrüßte die beiden freudig.

„Aber Tobias, seit wann klingelst du denn bei mir? Herzlich willkommen liebe Frau Faber, es ist so schön, dass sie da sind! Komm mein lieber Junge, dein Kakao wartet schon. Willst du deine Mutter zu unserem Sitzplatz bringen?"

Dabei zwinkerte sie Tobias zu und seine Anspannung schien sich ein bisschen zu lösen. Aus dem Küchenfenster beobachtete sie Mutter und Sohn, die auf den schön gedeckten Tisch blickten und sich schließlich zögerlich setzten. Tobias sprang jedoch sofort wieder auf und sagte etwas, das Rose nicht verstehen konnte. Wenige Augenblicke stand er hinter ihr in der Küche.

„Ich helfe dir beim Raustragen!"

Er nahm das gefüllte Tablett und ging damit los. An der Tür blieb er zögernd stehen und drehte sich schließlich zu Rose um.

„Danke, dass du alles so schön hergerichtet hast und auch für meine Mutter und so! Aber das wäre nicht nötig gewesen!"

Er ging raschen Schrittes hinaus, seine letzten Worte hatten beinahe trotzig geklungen. Fast, als wäre es ihm gar nicht recht, dass seine Mutter nun auch mit hier war. Vielleicht bildete sie sich das aber auch nur ein. Sie würde abwarten, was der Nachmittag so mit sich brachte.

Es dauerte eine Weile, bis die verkrampfte Stimmung wich. Tobias war sehr schweigsam und auch seine Mutter sagte nicht viel. Rose gab sich alle Mühe, ein Gespräch in Gange zu bringen, doch nach einer Weile gab sie es auf und begann, von ihrem Umzug, dem neuen Leben hier und der Arbeit mit dem Garten zu erzählen. Unbewusst brachte sie damit das Eis zum Schmelzen und spätestens als sie von Tobias Ideen zu sprechen begann, wurde der Junge lebhaft. Nicht lange und sie waren in eine lebhafte Diskussion verstrickt, wer nun was eigentlich gewollte hatte und wer sich schließlich durchsetzen konnte. Elisabeth saß stumm dabei und lauschte den beiden, doch sie lächelte zufrieden.

Als der Kaffee getrunken und der Kuchen verspeist war, brachen sie zu einer ausgiebigen Gartenführung auf. Rose hielt sich bewusst zurück und überließ Tobias, die Erklärungen und Beschreibungen ihres gemeinsamen Projektes.

Man merkte ihm deutlich an, wie viel Freude er an seiner Arbeit gehabt hatte und wie stolz er nun auf das Ergebnis war.

Ehe sie es sich versahen, brach der Abend herein und Mutter und Sohn begaben sich auf den Heimweg. Tobias war schon vorausgefahren und Rose stand noch mit Elisabeth am Gartenzaun, um sich zu verabschieden.

„Es ist mir ein bisschen peinlich, aber ich habe gar nicht daran gedacht, ihren Mann mit einzuladen."

Entschuldigend sah die ältere Frau, der Jüngeren in die Augen.

„Machen sie sich keine Gedanken deswegen, ich bin nicht verheiratet!"

„Oh das tut mir leid, ich wollte ihnen nicht zu nahe treten!"

Elisabeth schüttelte den Kopf und strich sich eine Haarsträhne aus dem Gesicht.

„Das sind sie nicht. Sie konnten das ja nicht wissen."

Rose überlegte einen Augenblick, dann überwand sie ihre Vorbehalte. Wer wusste schon, ob sie noch einmal so eine Chance bekommen würde.

„Trifft Tobias seinen Vater noch?"

Elisabeth Faber zögerte mit der Antwort. Schließlich sagte sie leise:

„Nein niemals! Aber das ist eine lange Geschichte."

„Hören sie Frau Faber, ich weiß, dass mich das alles überhaupt nichts angeht, es ist nur so, dass mir Tobias sehr ans Herz gewachsen ist und ich mir Sorgen um ihn mache. Er ist so verschlossen und manchmal wirkt er bedrückt und zu nachdenklich für sein Alter. Ich würde ihm gerne helfen, aber ich weiß so gut wie nichts über ihn.

Ich kann natürlich verstehen, wenn sie denken, was maßt diese alte Frau sich da an und sie hätten ja auch völlig recht damit. Ich frage nicht aus Neugierde, das müssen sie mir bitte glauben! Ich möchte nur gerne verstehen, warum sich ein so begabter und wunderbarer Junge damit begnügt, seine Zeit mit einer alten Frau, wie mir, zu verbringen."

Abwartend sah Rose Elisabeth Faber an, es war ihr deutlich anzusehen, wie sehr es in ihr arbeitete. Schließlich war sie wohl zu einer Entscheidung gekommen, denn sie nickte entschlossen.

„Ja, sie haben recht! Vielleicht ist es das Beste, wenn sie erfahren, warum Tobias sich so verhält. Sie haben ihm ungeheuer gutgetan, ich habe ihn lange nicht mehr so fröhlich und unbefangen erlebt, wie heute Nachmittag. Heute Abend ist es aber schon zu spät dafür, denn es ist eine lange Geschichte und ich bin sehr müde. Vielleicht darf ich sie in den nächsten Tagen einmal besuchen kommen, Frau Wandel? Ich glaube aber, es wäre besser, wenn Tobias nicht dabei wäre."

Rose hielt Elisabeth ihre Hand entgegen.

„Bitte, ich bin Rose und da ich ja offensichtlich die Ältere von uns beiden bin, darf ich ihnen getrost das Du anbieten."

Ein kleines Lächeln spielte um die Lippen der Jüngeren.

„Sehr gerne! Danke! Ich bin Elisabeth!"
Sie schüttelten sich die Hände und lächelten einander dabei an. Dann sagte Rose:
„Du kannst jeder Zeit zu mir kommen, du bist hier immer herzlich willkommen! Solange noch Ferien sind und Tobias jeden Tag bei mir ist, solltest du aber vielleicht vorher kurz anrufen. Warte! Ich schreibe dir schnell meine Telefonnummer auf."
Eilig verschwand sie im Haus und kehrte kurz darauf, mit einem Zettel in der Hand zurück. Sie reichte ihn Elisabeth und dann verabschiedeten sich die beiden Frauen noch einmal herzlich voneinander.

Nach ihrer Abendrunde mit Jette saß sie noch eine ganze Weile draußen in ihrem schönen Garten. Sie hatte sich heute ein Glas Rotwein gegönnt und lauschte verzückt dem Zirpen der Grillen. Wie schön dieser Sommer war und wie ereignisreich. So vieles war passiert und fast erschien es ihr, als hätte sie schon ihr ganzes Leben in diesem Haus und in diesem Garten verbracht. Bei diesem Gedanken überfiel sie ein Anflug von schlechtem Gewissen und sie prostete mit ihrem Weinglas gen Himmel.
„Liebster Friedo, bitte versteh mich nicht falsch! Wir hatten eine wunderbare Zeit miteinander und ich habe dich wirklich aus tiefstem Herzen geliebt. Es ist nur so, dass ich jetzt ohne dich hier unten leben muss und das war am Anfang schwer genug. Darum bin ich jetzt so glücklich und ich hätte nicht erwartet, das noch mal in meinem Leben

sagen zu können. Irgendwann sind wir ja wieder zusammen, aber bis dahin mache ich es mir, hier auf der Erde, noch ganz schön, ja?"

Sie trank einen Schluck und schloss die Augen, Friedo würde es schon verstehen.

Langsam wurde es doch kühl und Rose begann zu frösteln. Die Tage wurden schon merklich kürzer. Nicht mehr lange, und der Herbst würde seine kühlen Hände über Alles legen.

Aber noch war Sommer und gegen die kalte Nachtluft, konnte sie sich eine Jacke anziehen. Andererseits spürte sie, wie erschöpft sie war. Es war ein schöner, aber auch anstrengender Tag gewesen. Am besten, sie ging einfach ins Bett.

Aber vorher wollte sie noch einmal kurz nach Emails schauen, denn dazu war sie, vor lauter Aufregung, schon seit ein paar Tagen nicht mehr gekommen.

Und wirklich fand sie in ihrem digitalen Briefkasten eine Mail von Gundula vor. Gespannt begann sie zu lesen.

Von: Gundi@Thormann.de
An: Wandelröschen@t-online.de

Betreff: *Grüße aus der weiten Welt!*

Mein liebstes Wandelröschen,
wie geht es dir in deinem neuen Domizil? Ich sterbe
fast vor Neugier, aber du meldest dich ja nie! (Ich

mache ein sehr böses Gesicht, während ich das schreibe☹, das ist dir doch hoffentlich klar!)

Langsam frage ich mich, was in aller Welt du da eigentlich treibst, dass du nicht mal ein paar Zeilen an deine liebste Freundin schreiben kannst?! Gestern habe ich zu Berthold gesagt: „Langsam mache ich mir ehrlich Sorgen um Rose! Am liebsten würde ich mal nachsehen, was sie so macht und wie es ihr geht!" Darauf mein Mann: „Aber das ist doch gar kein Problem! Wenn wir durchfahren, sind wir morgen Abend bei ihr!"

Ich kann dir sagen, er versucht wirklich jede Gelegenheit, zur Flucht zu nutzen.

Wenn du mir also - als Entschädigung für deine sträfliche Vernachlässigung - etwas Gutes tun willst, schreibe ganz rasch, dass es dir gut geht (natürlich nur, wenn es dir auch gut geht!), dann kann ich meinen Mann beruhigen und er kann seine Fluchtpläne erst mal wieder zu Grabe tragen. Ganz nebenbei könnte auch mein Blutdruck wieder etwas runter fahren, also sei so gut und denke an meine Gesundheit, ja!!!

Gut, das reicht für heute an Gardinenpredigt! Jetzt zu den schönen Dingen (was natürlich nicht heißen soll, dass du nicht zu den schönen Dingen zählst!). Jedenfalls waren wir fast eine Woche in der Provence, schmelz! Du kannst dir gar nicht vorstellen, wie traumhaft schön es dort ist! Du kennst doch diese verkitschten Kalenderbilder mit den blühenden Lavendelfeldern vor einem Abendrot gefärbten Himmel? ES IST ALLES WAHR! So sieht es dort wirklich aus, unglaublich! Selbst meinem Reisemuffel hat es die Sprache verschlagen und ich schätze, wir haben so ziemlich jede Lavendelblüte einzeln fotografiert. Wenn wir zurück sind, wirst du dir eine Woche Zeit nehmen müssen, um dir alle Fotos ansehen zu können. Inzwischen sind wir aber wieder auf dem Weg nach Norden, wir fahren an der Atlantikküste entlang. Heute campieren wir ungefähr dreißig Meter vom Meer entfernt. Hier geht das, da sind die Franzosen tiefenentspannt. Der Ort heißt „Veulét sur mer" und hat eine malerische kleine Promenade, auf der wir vorhin wunderbar zu Abend gegessen haben. Auf der Speisekarte stand „Fromage" und ich wusste genau, dass ich das Wort eigentlich kannte. Aber selbst mit Händen und Füßen konnte mir der Kellner nicht klar machen, was es bedeutet. Am Ende flitzte er aus lauter Verzweiflung über die doofe Deutsche in die Küche und kam doch tatsächlich mit einem Teller Käse wieder. Na, da fiel bei mir der Groschen auch endlich. PEINLICH! Berthold meinte nur ganz ruhig: „Und dabei behauptest du immer, dass du gut französisch kannst." Dabei stimmt das gar nicht, ich habe lediglich gesagt, dass meine Französischkenntnisse ausreichen würden, um mich durchzuschlagen, und das tun sie ja auch. (Immerhin weiß ich sogar, was Käse heißt☺!) Außerdem finde ich, dass auf Französisch einfach alles gut klingt, ich werde hier noch frankophil, merkst du das? Wir wollen gleich noch auf die Klippe

hinter unserem Schneckenhaus klettern, aber keine Sorge, sie ist durchaus seniorentauglich! Es gibt noch so viel zu berichten, aber bald wird es dunkel und dann kriege ich meinen Mann nicht mehr dazu, sich noch zu bewegen, also muss ich jetzt los.
Aber Wandelröschen BITTE! Siehe Anfang dieser Mail und SCHREIBE MIR!!!!
Ich harre gespannt der Dinge, die da kommen!
Eine gaanz dicke Umarmung!

Deine (leicht frankophile) Freundin
Gundi

Rose klappte ihren Laptop zu und ging ins Bad. Gundulas Reiseberichte waren wirklich sehr amüsant. Doch sie schämte sich dafür, dass sie selbst nicht mit einer Silbe daran gedacht hatte, ihr zu schreiben. Sie war einfach so mit ihrem eigenen Leben beschäftigt gewesen.
Heute Nacht war es zu spät dafür, aber gleich morgen früh, würde sie sich hinsetzen und eine lange Email an ihre Freunde in Frankreich schreiben. Mit diesem festen Vorsatz schlief sie schließlich ein.

Elisabeths Schatten

Gleich am nächsten Morgen blieb Rose ihrem festen Vorsatz der vergangenen Nacht treu und schrieb eine Email an Gundula. Nachdem sie einmal angefangen hatte, flossen die Worte nur so aus ihr heraus. Und erst beim Schreiben merkte sie, wie sehr es ihr gefehlt hatte, sich mit ihrer besten Freundin auszutauschen. In den letzten vier Jahrzehnten hatte es nie zuvor eine so lange Zeitspanne gegeben, in der sie sich nicht aus ihrem Leben erzählten oder Freude und Leid miteinander teilten. Rose war fest entschlossen, es auch nie mehr dazu kommen zu lassen. In Zukunft würde sie von sich aus Gundula von ihrem neuen Leben berichten. Zumal es dieses Leben ohne ihre engste Vertraute ja gar nicht geben würde.

Rose blickte auf die Uhr und stellte überrascht fest, dass sie fast eine Stunde geschrieben hatte. Nun konnte sich ihre Freundin aber wirklich nicht mehr beschweren, dass sie nichts erfuhr, denn Rose hatte nahezu jedes Ereignis beschrieben und dabei kaum ein Detail ausgelassen. Angefangen von ihren ersten Waldspaziergängen mit Jette bis hin zu ihrem gestrigen Besuch von Tobias und Elisabeth. Als sie fertig war, las sie sich alles noch einmal durch und drückte schließlich auf Senden.

Es blieb ihr ein ewiges Rätsel, wie ihre Worte zu Gundula gelangen konnten. Sie verschwanden im Orbit, lösten sich scheinbar auf, nur um sich

Sekunden später im Emailpostfach ihrer Freundin wiederzufinden. Es war wie ein Wunder.

Selbst das Telefon war noch immer ein Mysterium für sie. Wenn sie an ihre Jugend zurückdachte und diese Zeit mit heute verglich, erschien ihr die rasante Entwicklung der modernen Technik beinahe unheimlich. Jahrhunderte lang gab es nur schleichenden Fortschritt. Sie selbst hatte viele Jahre ohne Telefon und Fernsehen gelebt. Heutzutage aber, überholte sich die technische Entwicklung ständig selbst. In nur wenigen Jahrzehnten waren Dinge zur Selbstverständlichkeit geworden, die einst in jedem Science Fiction Film unglaubwürdig gewirkt hätten. Vieles war natürlich wunderbar und gereichte der Menschheit zum Segen, doch das Problem mit eben diesen Menschen war es nun einmal, das sie ihre Grenzen nicht erkannten. Stets lautete die Überlegung nur, ob es machbar sei und nie, ob es auch ratsam wäre. Und genau in diesem Versäumnis lag nach Roses Ansicht das Verderben.

Du lieber Himmel, in welches gedankliche Fahrwasser hatte sie sich nun wieder ziehen lassen. Sie würde jetzt einen ausgiebigen Spaziergang mit Jette unternehmen und dabei die Wunder der Natur genießen. Im Freien zu sein, hatte sie schon als Kind beruhigt und getröstet.

Energisch klappte sie ihren Laptop zu und räumte ihre Kaffeetasse in die Spülmaschine. Dann rief sie ihre Hündin und marschierte los.

Als sie zurückkam, hörte sie schon von Weitem das Brummen des Rasenmähers. Dabei hatte Tobias doch erst vor einer Woche das Gras gemäht. Doch Rose verstand, warum er alles so akribisch versorgte. Der Großteil der Arbeit war getan und die Ferien gingen nun rasch ihrem Ende entgegen. Sie hatten eine wirklich gute Zeit zusammen gehabt und der Junge wollte nicht, dass sie endete.

Noch wusste Rose ja nichts über die näheren Lebensumstände von Mutter und Sohn, doch sie hoffte, dass Elisabeth nicht von ihrem Vorhaben abweichen würde und sie bald besuchen käme.

Sie ging ins Haus und kochte einen Kakao für Tobias und sich selbst einen Kaffee. Dann brachte sie beides nach draußen. Behutsam tippte sie dem Jungen auf die Schulter, doch Tobias zuckte trotzdem zusammen. Er hatte sie nicht gehört und war wohl völlig in Gedanken gewesen. Schweigend trank er seinen Kakao und Rose hatte den Eindruck, dass ihn etwas bedrückte.

„Es ist ganz wunderbar, wie du dich hier um alles kümmerst! Vielleicht solltest du über eine Laufbahn als Gärtner nachdenken? Oder noch besser: Du könntest Gartenarchitekt werden. Da würdest du dann nach Herzenslust gestalten und hättest gewiss Erfolg damit."

Ganz kurz huschte ein Lächeln über seine Züge, doch gleich kehrte die Ernsthaftigkeit zurück.

„Das ist lieb, dass du das sagst, aber dafür müsste ich ja studieren und in der Schule bin ich nicht so gut."

„Nun, man muss nicht unbedingt studieren, heutzutage stehen einem ja vielmehr Wege offen, als zu meiner Jugendzeit. Aber worin liegen denn deine Probleme? Du bist doch ein intelligenter Junge!"

Tobias grinste verlegen.

„In Deutsch bin ich nicht so gut! Ich mache zu viele Fehler, weil ich diese blöden Regeln einfach nicht verstehe. Ich hab nur 'ne vier in Deutsch und damit schaffe ich keinen Abschluss, mit dem ich weiter machen könnte."

Er zuckte resigniert die Achseln. Rose dachte einen Augenblick nach.

„Du bist jetzt vierzehn, richtig? Das heißt, du hast noch zwei Jahre Zeit bis zum Abschluss der zehnten Klasse. Weitermachen kannst du ebenso gut an einer Berufsschule! Da bekommst du dann zwar nur eine Fachhochschulreife, aber damit kann man heutzutage ja fast alles studieren. Na, Medizin wohl nicht, aber das würdest du ja ohnehin nicht wollen, oder?"

Ein kurzes Schnauben war die Antwort.

„Na bitte! Wie du weißt, war ich Bibliothekarin, was bedeutet, dass die Worte mein Geschäft und meine große Leidenschaft waren und es noch immer sind.

Im Klartext: Ich bin wirklich gut mit diesen blöden Regeln. Ich halte die meisten von ihnen auch für unnötig, aber daran lässt sich nun mal leider nichts ändern. Vieles kann man auswendig lernen und anderes wird leicht, wenn man es einmal begriffen hat. Der Garten ist wunderschön geworden und fürs Erste fertig bis auf die üblichen Pflegearbeiten. Ich schlage dir einen Handel vor. Wenn du mir auch weiter bei diesen Arbeiten zur Hand gehst, helfe ich dir bei den schwierigen Dingen im Deutschunterricht. Was hältst du davon?"

Tobias schwieg so lange, dass Rose schon zu zweifeln begann, ob ihre Idee wirklich so gut war, wie sie im ersten Moment gedacht hatte.

Doch als sie sich das Gesicht des Jungen nun genau ansah, wurde ihr klar, dass er nicht nur ernsthaft nachdachte, sondern dass sich auch etwas auf ihm widerspiegelte, was sie in all der Zeit, die sie mit ihm verbracht hatte, noch nie darauf gesehen hatte, Hoffnung. Sofort schossen ihr vor Rührung und Mitgefühl die Tränen in die Augen und um ihnen beiden diese Peinlichkeit zu ersparen, stand sie schnell auf.

„Denke in Ruhe über meinen Vorschlag nach! Ich muss jetzt mal dringend etwas tun. Nur weil ich Rentnerin bin, kann ich ja nicht den lieben langen Tag mit Nichtstun vertrödeln."

Damit eilte sie ins Haus und schalt sich innerlich einmal mehr, eine alte sentimentale Törin.

An diesem Tag blieb Tobias nicht so lange wie sonst, was daran liegen mochte, dass es nicht mehr viel zu tun gab, doch Rose vermutete eher, dass es noch immer in ihm arbeitete.

Kaum war er davon geradelt, klingelte das Telefon. Elisabeth fragte, ob ihr Sohn noch da sei und als sie hörte, dass er bereits gegangen war, verabredeten die Frauen, sich in einer halben Stunde zu treffen.

Rose war sehr beglückt, dass Elisabeth sich traute, zu ihr zu kommen. Vielleicht war es ihr auch ein Bedürfnis, sich endlich einmal alles von der Seele reden zu können. Sie schien nicht der Typ, für großartige soziale Kontakte oder enge Freundschaften zu sein. Natürlich konnte Rose auch völlig danebenliegen, doch alles Spekulieren war müßig. Nun würde sie ja hoffentlich bald mehr erfahren.

Als Tobias Mutter eintraf, machte sie einen sehr verschlossenen Eindruck, als würde sie schon jetzt bereuen, überhaupt gekommen zu sein. So disponierte Rose kurzerhand um und statt sie hereinzubitten, nahm sie die Hundeleine und rief Jette herbei.

„Es ist schön, dass du da bist Elisabeth! Leider hatte ich noch keine Gelegenheit, mit meinem Hund ein paar Schritte zu gehen. Irgendwie war heute immer so viel zu tun. Würde es dir etwas ausmachen, wenn wir erst einen Spaziergang machen?"

Die jüngere Frau schien erleichtert zu sein und stimmte sofort zu. Schon als sie losgingen, spürte Rose, dass sie die richtige Entscheidung getroffen hatte. Indem sie neben einander gingen, mussten sie sich nicht in die Augen sehen und auf diese Weise wurde es viel zwangloser. Rose plauderte munter über das Wetter und die Natur um Elisabeth nicht das Gefühl zu geben, sie müsste endlich anfangen zu reden.

„Ich bin ja so froh, dass mich meine beste Freundin dazu gebracht hat, hierherzuziehen. Es ist ein wunderschönes Fleckchen Erde, besonders jetzt im Sommer. Wobei ich gestern Abend dachte, man spürt bereits den Hauch des Herbstes. Die Tage sind schon deutlich kürzer, findest du nicht?"
Elisabeth blickte nach oben in die Baumwipfel.
„Ja, ich spüre es auch! Aber der Herbst ist wunderschön, mit all seinen Farben. Mich haben diese Herbsttöne schon als Kind fasziniert. Oft spazierte ich durch den Wald und bewunderte dieses Kaleidoskop aus Farben. Zu Hause versuchte ich dann, die Farben nachzumalen. Am Anfang mit Buntstiften und später kaufte meine Mutter mir eine richtige Palette und Acrylfarben. Mein Taschengeld sparte ich so lange, bis ich mir eine Staffelei kaufen konnte. Von diesem Tag an, war ich nur noch unterwegs, um zu malen."
Rose stellte erstaunt fest, wie verändert Elisabeth wirkte, wenn sie von ihrer Malerei sprach. Mit der Richtung, die ihr Gespräch nun nahm, hätte sie nie und nimmer gerechnet. Doch fasziniert beobachtete sie die Verwandlung, der Jüngeren neben sich.
„Das Malen wurde also deine Leidenschaft, kann man sagen. Hast du später weitergemacht?"
„Oh ja, nachdem ich viele Jahre meiner Kindheit mit einem Pinsel in der Hand verbracht hatte, beschloss ich, nach der Schule Malerei zu studieren. Mein Kunstlehrer an der Schule machte mir große Hoffnungen. Er betonte oft, er hätte

noch nie eine so talentierte Schülerin gehabt. In seiner Freizeit brachte er mir verschiedene Techniken bei und einmal im Sommer gingen wir mit unseren Staffeleien nach draußen, um zu malen. Er sagte zu mir, versuche in dein Bild zwölf verschiedene Grüntöne einzuarbeiten. Zunächst hielt ich ihn für verrückt, doch nach und nach offenbarte der Wald vor mir all seine Facetten und ich konnte erkennen, dass es noch so viel mehr gab, als nur diese zwölf Grüntöne. Ich habe diesem Lehrer viel zu verdanken! Er glaubte an mich und hörte nie auf, mich zu lehren. Er half mir auch dabei, meine Bewerbungsmappe für die Universität zusammenzustellen. Sie war so gut, dass ich sofort angenommen wurde. Meine Mutter war unglaublich stolz darauf, dass ihre einzige Tochter Künstlerin werden würde und sogar an einer richtigen Universität studieren durfte. Mein Vater war sehr früh gestorben, ich konnte mich kaum noch an ihn erinnern, es hatte immer nur uns beide gegeben. Das war auch der einzige Grund, aus dem ich überhaupt gezögert hatte, fortzugehen und meinem Traum zu folgen.

Gott sei Dank erlebte meine Mutter nicht mehr, wie ich versagte. Es hätte ihr das Herz gebrochen. Als ich im dritten Semester war, starb sie ganz plötzlich an Herzversagen. Ich war nicht bei ihr, sondern bereitete gerade meine erste eigene Ausstellung vor. Mein Dozent und Tutor half mir dabei. Er war ein großartiger Maler und seine hohe Meinung von mir und meinem Talent schmeichelte mir sehr. Nachdem meine Mutter gestorben war und ich ganz allein ohne Familie zurückblieb, wurde unser Verhältnis immer enger. Ich schwärmte für meinen älteren Lehrer. Er sah gut aus, war charmant, witzig und strahlte diese weltmännische Art aus, die den jungen Männern fehlte.

Es kam, wie es kommen musste, ich verliebte mich unsterblich in ihn. All meine aufgestauten Gefühle, all meine Trauer, die Verzweiflung darüber, von meiner Mutter keinen Abschied mehr genommen zu haben, all die Liebe, die nun keiner mehr wollte, projizierte ich auf ihn. Eine Zeit lang war ich sehr glücklich, natürlich war er verheiratet, doch das blendete ich aus. Meine Liebe wurde immer stärker und mein Verlangen, ihn immer um mich zu haben, immer heftiger. Schließlich wurde ich schwanger. Am Anfang hoffte ich noch, es würde ihn dazu bewegen, sich endlich ganz für mich zu entscheiden, doch es wurde schnell klar, dass ich ihn damit endgültig vertrieben hatte. Im Nachhinein denke ich, dass meine grenzenlose Sehnsucht nach Nähe und Liebe, ihn schon lange verschreckt hatte, nur fiel es ihm wohl schwer, mich einfach von sich zu stoßen. Als ich dann aber schwanger wurde, musste er sich entscheiden. Die Entscheidung war leicht für ihn und im Grunde war es wohl auch gar keine richtige Entscheidung. Ich hatte ihn schon lange verloren. Eigentlich hatte er nie mir gehört. Ich war am Boden zerstört, wollte nur noch sterben. Zur Uni konnte ich nicht mehr gehen, denn dort würde ich ihm ständig über den Weg laufen und das hätte ich nicht ertragen. So packte ich schließlich meine Sachen und kehrte in mein leeres Elternhaus zurück. Seltsamerweise fand ich Trost in der Tatsache, dass meine Mutter in dem Glauben gestorben war, ihre Tochter würde ihren Weg schon gehen und dabei sogar ihre Träume leben.

Dabei hätte ich von meinen Träumen nicht viel weiter entfernt sein können als in meiner damaligen Situation. Zunächst gab ich mich vollkommen auf, wollte nicht mehr leben, doch dann eines Morgens wurde ich durch eine Bewegung geweckt. In mir hatte sich etwas bewegt, leicht wie Schmetterlingsflügel, die von innen über meine Bauchdecke flatterten.

Es fühlte sich an wie Magie und in diesem Augenblick spürte ich den überwältigenden Wunsch, dieses kleine Wesen, das da in mir heranwuchs, zu beschützen. Es hatte sich dieses Leben auch nicht ausgesucht, doch ich würde dafür sorgen, dass es ein gutes Leben haben würde. Ich ging zu den Vorsorgeuntersuchungen, ernährte mich ausgewogen und hielt mich viel im Freien auf. Meine Pinsel rührte ich nicht mehr an. Dieses Kapitel war für mich beendet.

Und doch habe ich diese Zeit in glücklicher Erinnerung, denn ich begriff, dass ich nun nicht mehr allein sein würde. Dass es nun wieder jemanden in meinem Leben gab, der meine ganze Liebe nicht nur wollte, sondern sogar brauchte.

Als ich Tobias dann zum ersten Mal in meinen Armen hielt, war das der glücklichste Augenblick in meinem ganzen Leben. Ich liebte dieses Kind mit der ganzen Kraft meines Herzens. Die ersten Jahre waren wundervoll! Meine Mutter hatte mir genug Geld hinterlassen, damit ich zusammen mit dem Kindergeld gut genug zurechtkam, ohne so bald arbeiten zu müssen. So ging Tobias erst mit knapp vier Jahren in den Kindergarten, während ich mir einen Halbtagsjob suchte. Ich war glücklich mit meinem kleinen wunderbaren Jungen. Es hätte ewig so weitergehen können, aber leider hatte das Schicksal andere Pläne für uns."

Elisabeth hatte plötzlich aufgehört zu reden und Rose blieb überrascht stehen. Sie hatte gar nicht bemerkt, wie spät es bereits geworden war oder wie weit sie sich vom Haus entfernt hatten.

„Vielleicht sollten wir zurückgehen? Ich kann uns ein kleines Abendessen machen und dann können wir draußen noch einen Wein zusammen trinken. Was meinst du dazu? Oder möchtest du Tobias nicht so lange alleine lassen?"

Elisabeth machte eine vage Kopfbewegung.

„Doch, das ist eine gute Idee, ich werde Tobi kurz anrufen, damit er sich keine Sorgen macht. Davon hat er ohnehin schon viel zu viele."

Nachdem, was sie gerade erfahren hatte, müssten Mutter und Sohn wesentlich entspannter und glücklicher sein, aber Elisabeth hatte ja bereits angedeutet, dass ihnen das Glück nicht mehr hold war. Was mochte da wohl noch kommen? Die meiste Zeit des Rückwegs schwiegen sie, jede in ihre eigenen Gedanken versunken.

Rose wusste nicht, wie Tobias reagiert hatte, aber jedenfalls blieb Elisabeth noch zum Essen. Als sie fertig waren, gingen sie nach draußen und schenkten sich Rotwein ein.

Der Abend war friedlich, warm und die Luft war erfüllt vorm Zirpen der Grillen. Rose seufzte zufrieden.

„Es ist wahrlich ein perfekter Spätsommerabend und freundlicherweise warm genug, um noch draußen sitzen zu können."

Elisabeth nickte nur leicht und nahm einen Schluck aus ihrem Glas, doch sie schwieg auch weiterhin.

„Wenn ich bedenke, dass ich vor ein paar Monaten noch allein in meiner Stadtwohnung gesessen habe, bin ich voller Staunen über die wundersame Wandlung des Schicksals. Doch ich weiß auch sehr gut, wie grausam eben dieses Schicksal sein kann. Das hast du wohl auch erfahren müssen?"

Nach einem tiefen Seufzen erzählte Elisabeth endlich weiter.

„Ja, allerdings musste ich das erfahren und leider auch mein kleiner Sohn.

Als Tobias acht Jahre alt war, ging ich zu einer Routineuntersuchung zu meiner Frauenärztin. Dabei stellte sie fest, dass in der linken Brust etwas gewachsen war, was dort nicht hingehörte. Damit begann das übliche Prozedere, Mammografie, CT, die erste Operation und schließlich eine Chemotherapie. Es war tatsächlich ein Mammakarzinom, ich hatte also Brustkrebs. Zunächst versuchte ich, meine Krankheit vor Tobias geheim zu halten, doch natürlich gelang mir das nicht. Er hatte längst gespürt, dass unsere friedliche Zweisamkeit bedroht war und dass seine Mutter nicht mehr dieselbe war. Als ich meinen OP – Termin hatte, nahm eine liebe Kollegin aus der Bäckerei, Tobias bei sich auf und den Rest der Behandlung bekam ich ambulant. Es war eine sehr harte Zeit, oft kämpfte ich mit Übelkeit und Schwächeanfällen, die meiste Zeit verbrachten wir im Haus, weil ich nicht in der Lage war, irgendetwas zu unternehmen. Am schlimmsten aber, war die Angst, die mich ständig begleitete. Dabei ging es mir gar nicht um mich, ich hatte nur wahnsinnige Angst davor, mein Kind alleine lassen zu müssen. Was sollte aus Tobias werden, wenn ich es nicht schaffen würde? Viele Abende lag ich neben ihm im Bett und wir weinten uns Beide in den Schlaf. Wenn ich nur kurz nach dem Einschlafen wieder erwachte, betete ich stundenlang darum, bei meinem Kind bleiben zu dürfen. Die Sorge und die Furcht lagen wie zentnerschwere Gewichte in meinem Magen und auf meinem Herzen. Die Ärzte versicherten mir, ich hätte gute Prognosen, doch aus irgendeinem Grund, konnte ich das einfach nicht glauben. Kaum hatte ich nach einer weiteren Untersuchung oder

Behandlung das Krankenhaus wieder verlassen, brach die Panik wieder über mir zusammen.

Tobias erlebte diesen Albtraum genau so intensiv wie ich, nur war er noch zu klein, um die Geschehnisse wirklich zu verstehen. Ständig machte ich mir Vorwürfe, dass ich mich besser im Griff haben müsste, um mein Kind nicht so zu belasten, doch es half nichts, die Angst hatte mich in ihren Krallen und gab mich nicht mehr frei.

Erstaunlicherweise erwies sich die Behandlung aber trotzdem als erfolgreich und nach fast einem Jahr, schickten mich die Ärzte, als geheilt nach Hause. Natürlich mit der Auflage, mindestens einmal im Jahr, am Anfang sogar halbjährlich, zur Untersuchung zu erscheinen, denn erst nach fünf Jahren, galt der Krebs als besiegt.

Ich kann meine Gefühle nicht beschreiben, die ich verspürte, als ich an diesem kühlen Herbsttag das Krankenhaus verließ. Am stärksten war sicher die Dankbarkeit darüber, meinen Sohn nicht verlassen zu müssen. Ich holte ihn von der Schule ab und fuhr mit ihm ans Meer. Wir blieben das ganze Wochenende und diese Tage gehören mit zu den Schönsten, in meinem Leben. Tobias durfte endlich wieder der kleine unbeschwerte Junge sein, der er sein sollte und ich genoss einfach alles um mich herum. Jedes Lachen von ihm, jede Umarmung, den Wind auf meiner Haut, das Geräusch der Wellen, die Sonne auf meinen geschlossenen Lidern. Es kam mir so vor, als sei ich ins Leben zurückgekehrt.

Gestärkt kehrten wir in unser altes Leben zurück und fanden schnell unsere friedliche Zweisamkeit wieder. Alles schien gut, ich war glücklich, doch ich hatte unterschätzt, was die Zeit meiner Krankheit mit mir gemacht hatte. Die vielen Stunden der Angst, der Verzweiflung ließen sich nicht einfach so abschütteln, ich konnte nicht so tun, als ob nichts geschehen wäre. Eine Weile versuchte ich, mir einzureden, dass ich es eben doch konnte und ignorierte die Stimmen in meinem Inneren, doch je näher der erste Untersuchungstermin heranrückte, desto lauter schrie es in mir. Die Tage vor dem Termin schlief ich so gut wie gar nicht, ich schlich mich zu Tobias Bett und betrachtete ihn beim Schlafen. Die alten Ängste kehrten zurück und im Dunkel der Nacht überfielen mich wieder Panik und Hoffnungslosigkeit.

Die Untersuchung verlief ergebnislos, alles war in bester Ordnung und wieder war ich befreit und glücklich. Lebte mit meinem Kind in einer sorglosen Leichtigkeit, wie in einer Seifenblase, die wieder an der Zeit zerplatzte, die die nächste Untersuchung brachte. Sie wurde zu meinem schlimmsten Feind, diese Zeit vor den Untersuchungen. Statt das es besser wurde, verschlimmerten sich meine Ängste vor jedem Termin. Wie ein Schatten, den ich nicht mehr abzuschütteln vermochte, begleitete sie mich überall hin. Ich hatte geglaubt, das Schwerste hinter mir zu haben, nachdem der Krebs besiegt war, doch ich hatte nicht bedacht oder geahnt, dass ein anderer Kampf sich anschließen würde. Der Kampf gegen die Angst, erneut zu erkranken, es nicht noch einmal durchzustehen, vergebens gehofft zu haben. Ich glaube, dieser Kampf ist fast noch härter, als der, gegen die eigentliche Krankheit, denn der Gegner ist nicht greifbar, lässt sich nicht mit Chemotherapie behandeln und kann bei keiner OP herausgeschnitten werden. Er ist immer in dir und du kämpfst gegen deine eigenen Dämonen an. Wenn es ganz schlimm wird, ist es, als säße dir etwas auf der Brust, dass dir das tiefe Durchatmen unmöglich macht, es presst dein Herz so zusammen, dass du jeden Schlag spürst, wie er verzweifelt gegen deine Brust trommelt. Und die Trommeln schlagen hart und schnell, bis dein Herz in der Kehle zu sitzen scheint und sie dir zuschnürt. Du bekommst keine Luft mehr, kannst nicht mehr atmen, nicht mehr schlucken. An diesem Punkt, will man nur noch, dass es aufhört, ganz gleich auf welche Weise. Alles ist besser, als diese Panikattacken ertragen zu müssen, selbst der Tod, denn die Angst frisst deine Seele auf und mit ihr jeden Mut und jede Hoffnung. Es gab Momente, in denen ich meine Brüste abgrundtief hasste, sie mir am liebsten vom Körper gerissen hätte, weil sich in ihnen meine ganze Angst zentrierte.

Natürlich war es nicht immer so extrem, doch allein die Drohung, es könnte jederzeit wieder geschehen, schwebte wie ein Damoklesschwert über meinem Kopf und nahm mir jegliche Freude am Leben.

Nach zwei Jahren war ich an einen Punkt gelangt, an dem ich mich entscheiden musste. Ich hatte noch drei Jahre dieses Martyriums vor mir und selbst wenn der Krebs besiegt bliebe, würde ich doch unwiderruflich Schaden nehmen. Schon jetzt, konnte ich mich auf nichts länger konzentrieren, aß kaum noch und an Schlaf war ohnehin nicht zu denken. Die Angst fraß mich bei lebendigem Leibe auf. Ich konnte einfach nicht mehr und ich wollte es auch nicht. Tobias hatte in all der Zeit schon viel zu viel gelitten! Wenn ich sah, wie traurig er oft wirkte und wie sehr er sich bemühte, mir zu helfen und mir Dinge abzunehmen, die noch gar nicht für ihn bestimmt waren, brach es mir das Herz.

So fuhr ich mit ihm noch einmal ans Meer, genau zwei Jahre nach meiner Entlassung. Tobias war inzwischen elf Jahre alt und durch die schmerzlichen Erfahrungen seinem Alter weit voraus.

Ich war ganz ehrlich zu ihm, erzählte von meinen Ängsten vor den Untersuchungen und erklärte ihm, dass mich diese Angst kaputtmachte und ich darum zu keiner Untersuchung mehr gehen würde. Er nahm das Alles schweigend auf und sagte nichts dazu. Unsere Tage waren nicht ungetrübt, dennoch genossen wir sie, so gut es eben ging.

Zuhause gingen wir wieder unserer täglichen Routine nach. Hin- und wieder bekam ich noch Panikattacken, doch sie waren nicht mehr ganz so schrecklich und gingen rasch vorüber. Ich kann nicht leugnen, dass mich die Angst noch immer begleitete, sie blieb mein Schatten, doch seit diese grauenerregenden Termine nicht mehr auf mich warteten, konnte ich besser mit ihr umgehen.

Es ging mir ziemlich gut und alles andere wollte ich einfach nicht wissen. So lebten Tobias und ich ganz friedlich, bis er vor einem halben Jahr anfing, mich daran zu erinnern, dass nun die fünf Jahre fast um wären. Ich erwiderte, dass ich das natürlich auch wüsste, doch das es letztlich keine Rolle spielen würde. Offenbar hatte ich mich aber getäuscht, denn Tobias wachte immer häufiger wegen Albträumen auf und wurde überhaupt immer unruhiger. Bis er mir schließlich sagte, er würde sich so sehr wünschen, dass ich zu der letzten Untersuchung ginge. Dann hätten wir doch endlich die Gewissheit, dass alles gut sei.

Ich habe versucht, ihm klar zu machen, dass doch bereits alles gut ist, wir leben und sind zusammen, doch ihm reicht das offensichtlich nicht. Er möchte die Gewissheit, er versteht noch nicht, dass es keine Gewissheit im Leben gibt.

Und es würde auch gar nichts ändern, ich hätte nicht die Kraft, das Alles noch einmal durchzustehen. Tobias nimmt es mir übel, dass ich ihm diesen Wunsch abschlage, ich weiß, dass es ihm wichtig wäre, aber ich kann ihm diesen Gefallen nicht tun, ich schaffe das einfach nicht.

Seitdem geht er mir aus dem Weg, du hast ihn diesen Sommer öfter gesehen, als ich im ganzen Jahr. Es tut mir weh, ihn so zu sehen. Aber was wäre, wenn der Krebs zurückgekehrt ist oder wenn es mir nicht noch einmal gelingt, meine Dämonen zu bezwingen. Davor habe ich fast ebenso große Angst, wie vor der realen Krankheit. Ich bin alles, was er auf Erden hat und er ist noch zu jung, um alleine klar zu kommen."

Tränen rannen über Elisabeths schmales Gesicht und Rose tat vor Mitleid das Herz weh.

Sie stand auf und umarmte die jüngere Frau, hielt sie ganz fest, während die Tränen endlich fließen durften. Es dauerte lange, bis Elisabeth sich wieder beruhigt hatte, doch Rose war froh, dass sie sich endlich einmal gehen ließ. Sie wusste genau, wie sich so ein emotionaler Befreiungsschlag anfühlte. Vielleicht war das jetzt ihre Chance, etwas von dem Segen weiterzugeben, der ihr zuteilgeworden war.

Rose holte Taschentücher aus der Küche und goss ihnen Beiden noch ein Glas Wein ein. Elisabeth lächelte zaghaft und trank dankbar einen Schluck, dann putzte sie sich so kräftig die Nase, dass sie lachen mussten.

„Danke, dass du mir das alles erzählt hast! Jetzt verstehe ich endlich! Ein Freund von mir hat immer gesagt: „Der Teufel scheißt immer auf den größten Haufen!" Da ist wirklich was Wahres dran, als ob es nicht gereicht hätte, so früh allein auf der Welt zu stehen und dann auch noch von dem Mann im Stich gelassen zu werden, den man liebt, da muss dann auch noch die Krankheit mitmischen. Manchmal möchte ich nur zu gern ein paar Wörtchen mit ihm da oben reden!"

Elisabeth lachte leise.

„Danke, dass du mir zugehört hast! Auch wenn ich es nicht gedacht hätte, es hat mir unheimlich gut getan, das Alles einmal loszuwerden. Aber es ist schon spät, ich muss nach Hause. Tobias macht sich auch so schon zu viele Sorgen, wie du ja jetzt weißt."

Am Tor umarmten sich die beiden Frauen noch einmal lange und fest.

Rose blieb auch dann noch in der Dunkelheit stehen, als Elisabeths schmaler Rücken längst in der Nacht verschwunden war.

Nun hatte sie aber viel zum Nachdenken bekommen. Wenn sie an den blonden Jungen dachte, der oft so einen furchtbar ernsten Eindruck machte, obgleich er doch frei und fröhlich sein sollte, tat ihr das Herz weh und auch um seine Mutter, die schon so viel ertragen hatte, litt sie in dieser Nacht. Sie musste etwas unternehmen, diese beiden Menschen, die ihr so ans Herz gewachsen waren, brauchten Hilfe. Und vielleicht konnte sie ihnen ja helfen, sie hatte allen Grund etwas weiterzugeben, was ihr selbst als Geschenk zuteilgeworden war.

Neues vom Schneckenhaus

Rose wusste nicht mehr genau, wann die Idee in ihrem Kopf begonnen hatte, Formen anzunehmen. Während ihrer Morgenrunde mit Jette jedenfalls, konnte sie an nichts anderes mehr denken. Sie hatte sich noch in der Nacht überlegt, dass es vielleicht doch gut wäre, wenn Elisabeth zu dieser letzten Untersuchung ginge. Doch diese Entscheidung konnte nur sie alleine treffen und wie auch immer diese aussehen mochte, war es vor allem wichtig, dass Tobias damit leben konnte.
Auf jeden Fall sagte ihr das Bauchgefühl, dass die junge Frau mehr Selbstbewusstsein brauchte. Schön und gut, dass sie den Schatten ihrer Angst meist im Griff hatte, doch es musste doch möglich sein, ihr wieder zu einem angstfreien und erfüllten Leben zu verhelfen. Schon um Tobias willen, doch wie sie das bewerkstelligen sollte, war ihr erst am nächsten Morgen klar geworden. Leider konnte man ja einen Schatten nicht einfach abschneiden, so wie es in der Geschichte von Peter Pan möglich gewesen war und so brauchte es eine etwas praktikablere Methode und Rose hatte auch schon eine Idee, wie diese aussehen konnte.
Allerdings konnte sie ihren Plan nicht alleine in die Tat umsetzen, dafür benötigte sie etwas Unterstützung. Voller Tatendrang schritt sie ans Werk und schrieb als Erstes eine Email an ihre reisenden Freunde.

Von: Wandelröschen@t-online.de
An: Gundi@Thormann.de

Betreff: *Eine Frage...?*

Meine liebste Freundin,
wo in dieser schönen Welt, haltet Ihr euch gerade
auf? Seid Ihr schon wieder auf dem Weg nach
Norden oder hast du Berthold überredet, dir ein
Häuschen in Frankreich zu kaufen? In dem Ihr nun
euren Lebensabend verbringen werdet, frankophil,
wie du nun bist?
Ich sehe es vor mir: Du mit einem großen Strohhut
auf dem Kopf, beim Lavendelschneiden, aus dem du
dann die köstlichsten Rezepte zauberst. Dein
Göttergatte mit einem Glas Rotwein in der Hand,
beißt in ein Stück des knusprigen Baguettes, das er
soeben frisch vom Markt geholt hat.
Selbstverständlich mit dem Fahrrad! Ach welch eine
Idylle!
Bitte berichte mir bald von eurem neuen Leben mit
Café au lait und Rotwein oder dürfen es am Ende
auch noch Froschschenkel und Lerchenzungen sein?
Ich muss dich warnen, im letzteren Fall, muss ich
leider unsere langjährige Freundschaft noch einmal
gründlich überdenken!
So, jetzt aber mal zu meinem eigentlichen Anliegen:
Berthold war doch mal ziemlich eng mit diesem
Gefäßchirurgen aus dem Krankenhaus befreundet,
dessen Frau Galeristin war. Sie hatte doch diese gut
gehende Galerie in der Innenstadt, richtig? Hat der

Chirurg noch seine Frau? Und wenn ja: Hat die Frau
noch ihre Galerie? Es ist wirklich wichtig für mich!
Bitte antworte so schnell wie möglich!
Ich hoffe, ihr lasst es euch so richtig gut gehen,
selbst wenn ihr das Reich der Haute Cuisine wieder
verlassen haben solltet!
Mit meinen Gedanken ganz nah bei euch

Ich umarme dich aufs Innigste
Bleibt beide behütet!

Dein Wandelröschen

Rose beschloss, den Computer dieses Mal nicht
gleich herunterzufahren, mit etwas Glück, las
Gundula ihre Nachricht ja bald. Sie würde jetzt
eine Runde mit Jette gehen und sich danach einen
schönen Kaffee kochen. Vielleicht hatte sie bis
dahin schon eine Antwort.

Tatsächlich fand sie bei ihrer Rückkehr, eine neue
Email von ihrer Freundin im Postfach vor.

Von: Gundi@Thormann.de
An: Wandelröschen@t-online.de

Betreff: *Im Ernst?*

Also meine Süße, ich weiß ja nicht, was für
Kräuterchen du da in deinem Garten anbaust, aber
du solltest wirklich nicht mehr so viele davon

konsumieren! Wobei mir die Szenerie, die du entworfen hast, durchaus gefallen hat. Aber im Ernst, du weißt doch, dass ich nicht gerne koche und zum Backen bringt man mich nur durch großartige Versprechungen oder aber Morddrohungen. Lavendel hin- oder her, außerdem stehen mir Hüte nicht! Und mein Berthold mit dem FAHRRAD auf dem Weg zum LEBENSMITTELEINKAUF, das war echt die Krönung! Als ich mir das bildlich vorgestellt habe, musste ich so lachen, dass ich mir noch immer Tränchen aus dem Augenwinkel wischen muss, zumal sich das Original gerade im Liegestuhl vorm Schneckenhaus rekelt. Er muss sich von den anstrengenden Strapazen des Fortbewegens, mit einem motorisierten Fahrzeug, erholen! Du verstehst? Und last but not least: Ich würde NIEMALS Lerchenzungen und/oder Froschschenkel essen!!! Wenn du mich fragst, haben die Franzosen diesbezüglich nicht mehr alle Latten am Zaun!

Wir sind ja auch schon gar nicht mehr in Frankreich! Vor ein paar Tagen sind wir von Calais nach Dover gereist und befinden uns demnach nun auf der Insel „Groß Britannien". Berthold ist schwer begeistert, er war ja schon immer ganz großer Fan von den „Inselaffen". Zitat: „Die haben ja nicht mal, ein metrisches Gewinde."

Seit er aber immer auf der falschen Seite fahren muss und nur überholen kann, wenn ich ihm grünes Licht gebe, ist scheinbar auch sein letztes Sympathiefünkchen erloschen. Einzig das Frühstück, vermag ihn etwas zu trösten, fast alles warm, *geröstet, fettig und sehr nahrhaft. Ich bleibe lieber bei Sweet Toast and Tea, Hauptsache mein Göttergatte bekommt reichlich Nervennahrung.*

Morgen oder übermorgen geht es weiter nach Irland, aber heute fahren wir erst mal nach Cornwall. Ich kann doch England nicht wieder verlassen, ohne das gesehen zu haben. Endlich mal live und nicht nur auf dem Bildschirm. Im Grunde sehe ich mir diese Rosamunde Pilcher Filme auch nur an, weil die Landschaftsaufnahmen immer so reizend sind. Berthold sagt, er braucht gar nicht hinzusehen und weiß schon nach der Eingangsmelodie, wer, mit wem am Ende in den Sonnenuntergang reiten wird. Vielleicht verwechselt er das aber auch nur mit seinen Italowestern☺!

Jedenfalls freue ich mich auf die nächsten Tage!

Dir scheint es ja blendend zu gehen, wenn ich mir deine Humorsteigerung um einhundert Prozent so ansehe! Zumindest an dem Maßstab, von vor einem Jahr gemessen.

Berthold sagt übrigens, dass Sybille (ist noch immer Chirurgenfrau und Galeristin) ihre Galerie noch sehr erfolgreich betreibt und er dir ihre Nummer mitschicken lässt. Er meint, da käme er in den Emails wenigstens mal in Zahlen zu Wort, was andernfalls ja schier ein Ding der Unmöglichkeit wäre. So ein Angeber! Ich hab ihm schon mehrfach angeboten, dir auch mal ein paar Zeilen zu schreiben, aber nein, da heißt es immer: „Grüß man lieb von mir, das reicht ihr schon!"

Nun in diesem Fall reicht es dir eben nicht und deshalb bekommst du heute neben lieben Grüßen auch noch ein paar Zahlen von meinem Liebsten:
0161/ 73 426 0009 Sybille Mainhard
Ich hoffe, damit ist dir geholfen!
Ich umarme dich gaaaanz fest!!! Du fehlst mir schrecklich (manchmal nur ein wenig und manchmal ganz viel)

Bleibe auch du behütet!
Deine Gundi

PS. Es war sehr schön, von dir zu lesen!

PS2. Liebe Grüße von meinem Mann ☺!

Über das ganze Mailen war der Vormittag ins Land gezogen und als Rose aus dem Fenster sah, erblickte sie Tobias, der mit einem Kescher am Teich beschäftigt war. Zu schade, dass sie Elisabeth hatte versprechen müssen, ihm nichts über ihr Gespräch zu erzählen. Aber sie fürchtete, dass Tobias dann auch nicht mehr zu Rose kommen würde, aus Scham und Enttäuschung, dass sein Rückzugsort nun nicht mehr ihm allein gehörte und sie von seinen Problemen wusste. Ganz unrecht hatte Elisabeth damit vermutlich nicht, denn er war ein sehr stolzer Junge.
Es half alles nichts, wenn sie den Beiden helfen wollte, musste sie einen anderen Weg wählen.

Seufzend begann sie, das Mittagessen für sich und den Jungen zuzubereiten.

Am Nachmittag gab es ein heftiges Gewitter, so konnten sie nicht im Garten bleiben, doch sie vertrieben sich die Zeit mit Scrabble spielen. Rose fand, dies war eine großartige Methode, um Tobias Rechtschreibkenntnisse auszuloten und alles in allem, war sie recht zufrieden mit dem Ergebnis. Es würde sicher nicht schwer werden, ihm etwas auf die Sprünge zu helfen, er war doch ein intelligenter Junge. Als der Regen schließlich aufgehört hatte, war es schon Abend und die Dämmerung hatte bereits eingesetzt. Obwohl Tobias heftig protestierte, bestand Rose darauf, ihn nach Hause zu fahren.

„Dein Fahrrad kannst du morgen abholen oder wolltest du da etwa nicht zu mir kommen?"

„Doch na klar! Ich bin mit dem Teich heute ja nicht fertig geworden, wegen dem doofen Regen."

„Na bitte, dann ist ja alles geklärt und jetzt steig bitte ein, Jette wartet schon auf ihren Spaziergang." Er tat, wie ihm geheißen und als sie vor seinem Zuhause ankamen, trat Elisabeth gerade aus der Tür.

„Oh, ich wollte eben zu euch fahren, um dich abzuholen, Tobias. Aber da war ich wohl nicht schnell genug!"

Grummelnd ging der Junge an seiner Mutter vorüber.

„Sieht so aus! Danke fürs Bringen, Rose! Bis morgen dann!"

Mit diesen Worten verschwand er im Haus.
Elisabeth ließ traurig die Schultern hängen.
Rose kam zu ihr herüber und strich ihr sanft über den Rücken.
„Kopf hoch! Das wird sich wieder einrenken! Tobias ist ein guter Junge und er ist eben sehr sensibel, aber er liebt dich und wird es irgendwann verstehen, da bin ich sicher!"
Dankbar lächelte die Jüngere sie an. Rose blickte auf ihre Uhr.
„Ach herrje, schon so spät! Eigentlich wollte ich noch vorm Dunkelwerden mit Jette raus.
Was hältst du davon, wenn ihr am Sonntag wieder zu mir zum Kaffee raus kommt? So wie es sich anfühlt, ist der Sommer bald zu Ende und wir sollten jeden schönen Tag ausnutzen. Wieder gegen drei Uhr? Besprich es in Ruhe mit Tobias, er kann mir ja morgen Bescheid geben. Ich wünsche dir noch einen guten Abend!"
Nach einer schnellen Umarmung machte sich Rose auf den Heimweg, wo sie schon sehnsüchtig erwartet wurde.

Roses Erzählung

Die ganze restliche Woche war Rose gedanklich mit ihrem Plan beschäftigt und als dann der Sonntag kam, war sie etwas nervös. Sie konnte sich nicht sicher sein, ob ihre Idee auch funktionieren würde, es gab etliche Hürden, die genommen werden wollten. Kurz vor drei Uhr genehmigte sie sich schließlich ein Glas Likör und beschloss, die Dinge auf sich zukommen zu lassen. Sie musste darauf vertrauen, dass sie es wissen würde, wenn der richtige Zeitpunkt gekommen war.

Wie erwartet, standen Mutter und Sohn pünktlich vor der Tür, wobei sie in diesem Fall gleich hinten herum durch den Garten kamen. Rose freute sich sehr über diese kleine Geste, zeugte sie doch von der Vertrautheit, die Beide ihr und ihrem Zuhause entgegenbrachten. Tobias hatte einen großen Strauß Blumen im Arm und Elisabeth hielt eine Flasche Wein in der Hand. Sie wirkte beinahe fröhlich, zumindest aber deutlich gelassener, als Rose sie je zuvor gesehen hatte. Sie brachte die Obsttorte zum Tisch und begrüßte dann ihre Gäste.

„Willkommen ihr Zwei! Ich freue mich, dass ihr wieder einen Sonntagnachmittag mit einer alten Frau, verbringen wollt. Oh Tobias, die sind ja wunderschön! Besonders der Sonnenhut, aber wer könnte auch besser wissen, welche Blumen ich mag, als du!"

Dabei zwinkerte sie dem Jungen zu, der verlegen zu Boden sah, doch sie bemerkte das schiefe Grinsen, das sich auf sein Gesicht stahl.

Elisabeth umarmte sie fest und nachdem die Blumen ins Wasser gestellt worden waren, verzehrten sie genüsslich den leckeren Kuchen.

Satt und zufrieden lehnte Rose sich in ihrem Stuhl zurück und ließ ihren Blick über den Garten schweifen.

„Weißt du Tobias, dass ich jeden Tag mit einem Lächeln beginne, weil ich am Morgen als Erstes meinen Garten sehe. Ich finde, wir haben da ein kleines Wunder vollbracht! Was meinst du?"

Auch Tobias Blick war umhergewandert, dabei hatte sein Gesicht einen verträumten Ausdruck angenommen.

„Ja, das finde ich auch! Wir haben hier ein kleines Paradies geschaffen, in dem man alles vergessen kann."

Bei diesen Worten sahen sich Rose und Elisabeth an, sie wussten, dass ihn die Realität immer wieder einholen würde. Es war wunderbar für ihn, dass er einen Rückzugsort gefunden hatte, doch musste er sich früher oder später seinen Problemen stellen.

Eine ganze Weile blieb es still, dann begann Rose zu erzählen. Sie hatte das nicht geplant, doch ihr Gefühl sagte ihr, dass es an der Zeit war, ihre eigene Geschichte zu erzählen.

„Ihr wisst ja, dass ich noch nicht lange hier lebe, die meiste Zeit meines Lebens wohnte ich in der Stadt. Zusammen mit meinem Mann Friedo und meiner

Tochter Sally. Ich war viele Jahre Bibliothekarin und hatte das Glück, genau neben meiner besten Freundin Gundi zu arbeiten, sodass wir uns an jedem Tag treffen konnten. Es war ein gutes Leben, nicht perfekt, aber doch gut. Tja und dann vor etwa vier Jahren erkrankte mein Mann an Bauchspeicheldrüsenkrebs."

Sie hörte, wie Tobias scharf die Luft durch die Zähne zog, Elisabeth starrte sie nur stumm an.

„Berthold, der Mann meiner besten Freundin, ist Arzt und er unterstützte uns, so gut er konnte, doch es war von Anfang an klar, dass die Prognosen sehr schlecht standen. Berthold erklärte uns ganz offen die Möglichkeiten, seiner Meinung nach, konnte Friedo nur noch ein Wunder retten. Im Grunde riet er ihm von einer Behandlung ab und legte uns nahe, die verbleibende Zeit zu nutzen. Ich war seiner Meinung und versuchte Friedo zu überreden, wegzufahren, all die Dinge zu tun, von denen er immer geträumt hatte und für die nie Zeit gewesen war. Doch er wollte nicht aufgeben, er klammerte sich so sehr ans Leben, dass er bereit war, jeden Preis dafür zu zahlen.

Und so ging er auf eine Odyssee des Grauens. Eine Behandlung folgte der Nächsten, er war nur noch in Krankenhäusern und ich musste dabei zusehen, wie seine verbleibende Lebenszeit verrann, ohne gelebt zu werden.

Ohne meine Tochter hätte ich diese Zeit nicht überstanden! Diese Qual, ohnmächtig daneben zu stehen und tatenlos dabei zusehen zu müssen, wie der geliebte Mensch leidet und dahin siecht. Es war ein Albtraum!

Schließlich starb Friedo etwa ein Jahr, nachdem er die Diagnose erhalten hatte. Ich bin mir nicht mal sicher, ob es am Ende wirklich der Krebs war oder ob die vielen Medikamente, Operationen und Bestrahlungen, seinen Tod nicht deutlich beschleunigt hatten. Es war seine Entscheidung und ich habe immer versucht, ihm beizustehen, an seiner Seite zu sein, doch der Mensch, den wir am Ende beerdigten, hatte keine Ähnlichkeit mehr mit dem Mann und Vater, der er einst gewesen war.

Ich weiß in meinem Freundeskreis von einigen Krebserkrankungen und viele davon endeten gut. Letztendlich muss Jeder seinen eigenen Weg finden, mit diesem Schicksal fertig zu werden. Ich wünschte, Friedo hätte sich für ein kurzes Leben mit mir entschieden, anstatt für seinen einsamen Kampf, doch ich habe seine Entscheidung akzeptiert und ihn bis zum Ende begleitet.

Wunder geschehen immer wieder und ich werde niemals aufhören daran zu glauben, doch der Körper allein, kann eben Niemanden am Leben erhalten. Seele und Geist müssen ebenso gesund und intakt sein. Krebs ist bei Weitem nicht das Schlimmste, das einem widerfahren kann, es ist angsteinflößend und erschreckend gewiss und ich will es auch sicher nicht kleinreden, aber wenn die Seele krankt, wenn sie voller Angst und ohne Hoffnung ist, hat das Leben auch keine Chance. Manchmal sind Vertrauen und Liebe die beste

Medizin. Ich weiß nicht, wie lange mein Mann noch gelebt hätte, wäre er dem Rat unseres Freundes gefolgt. Doch ich glaube, dass er zumindest den Tagen mehr Leben hätte geben können und vielleicht wäre er dann in Frieden und mit Würde gegangen."

Rose wischte sich eine Träne aus dem Auge und seufzte tief. Auch wenn diese Zeit nun lange zurücklag, so hatte sie doch unwiderruflich ihre Spuren hinterlassen und würde stets Teil ihres Lebens sein.

Während sie geredet hatte, war es dämmrig geworden und Rose fröstelte leicht. Tobias und seine Mutter schwiegen beide, doch sie sahen sich tief in die Augen. Schließlich stand Tobias auf und ging wortlos davon. Elisabeth sprang auf und wollte ihm folgen, doch Rose hielt sie zurück.

„Nein lass ihn, er muss jetzt alleine sein! Ich glaube, er wird kommen, wenn er soweit ist. Lass uns hinein gehen und von deinem Wein kosten. Ich könnte jetzt ein Gläschen vertragen."

Als sie in der gemütlichen Küche beisammen saßen, sprach Elisabeth zum ersten Mal seit Stunden, wie es schien.

„Es tut mir leid, was mit deinem Mann passiert ist! Warum hast du neulich nichts davon gesagt?"

Rose trank ein Schlückchen, ehe sie antwortete.

„Weil alles seine Zeit hat und neulich war die Zeit für deine Geschichte, sowie heute Abend eben Zeit für die meine war."

Elisabeth sah sie fragend an.

„War es genau so, wie du es uns erzählt hast, oder wolltest du mir nur helfen, wegen der Untersuchung und Tobias?"

„Natürlich möchte ich euch helfen, aber leider hat sich alles genau so zugetragen, wie ich es euch geschildert habe. Ich bin tatsächlich der Meinung, dass jeder das Recht haben sollte, selbst zu entscheiden, ob nun über Leben oder Tod. Allerdings gibt es Situationen, in denen man nicht mehr in der Lage ist, wahrhaftig und gut zu entscheiden, weil die Finsternis einfach zu allumfassend ist und man nicht mehr allein aus ihr heraus finden kann, zurück ins Licht. Dann braucht es eine Hand, die einen führt und hält, wenn man ins Straucheln gerät. Diese Hand kann man im Glauben finden, durch Gott oder sie kann auch einem Menschen gehören. Wichtig ist nur, dass man sie ergreift. Ich habe erst spät begriffen, dass Licht und Schatten unabänderlich zusammen gehören und dass auch die schlimmsten Zeiten im Leben, ihren Sinn haben. Manchmal schließt sich ein Kreis dort, wo man es am allerwenigsten erwartet hätte und manchmal führt ein scheinbarer Irrweg ans eigentliche Ziel. Wir können das Muster hinter alldem nur nicht erkennen, uns bleibt nur, uns dem Vertrauen zu überlassen, dass es ein Muster gibt und wir unseren Weg nicht wahllos und alleine gehen müssen. Irgendwo gibt es eine leitende Hand, die auffängt und hält.

Seit ich dieses Vertrauen verinnerlicht habe und in diesem Glauben lebe, begreife ich die Welt mit anderen Augen und was noch wichtiger ist, ich folge meinem Herzen. Trotzdem gibt es auch heute noch Momente, in denen mich die Schatten wieder einholen und die Angst zurückkehrt. Doch inzwischen weiß ich, dass ich sie besiegen kann! Diese Gewissheit verleiht mir Mut und macht das Kämpfen leichter."

Elisabeth sah schweigend in ihr Glas, dann trank sie es aus und stand auf.

„Ich glaube, auch ich muss jetzt alleine sein, es gibt viel, über das ich nachdenken muss. Ich kann jetzt nichts sagen, aber ich würde gerne wiederkommen, wenn ich darf?"

Rose stand ebenfalls auf und öffnete einladend ihre Arme.

„Ihr seid hier immer willkommen, in diesem Haus und in diesem Herzen!"

Sie lachte kurz auf.

„Du liebe Zeit, höre sich einer mein Geschwätz an, wie ungeheuer pathetisch!"

Auch Elisabeth musste nun lachen, sie drückte Rose ganz fest an sich und flüsterte leise:

„Danke für Alles!"

Diesmal brachte Rose ihren Gast nicht mehr hinaus, es war alles gesagt, zumindest für diesen Abend.

Im Übrigen war sie auf einmal furchtbar erschöpft, Jette würde heute mit einer sehr kleinen Runde vorliebnehmen müssen.

Die Saat des Herzens

Die Tage zogen ins Land, ohne das Rose etwas von Tobias oder seiner Mutter gehört hätte. In drei Tagen würde die Schule wieder losgehen und langsam spürte sie eine leise Ungeduld in sich aufsteigen. Wenn sie doch wenigstens wüsste, ob es den Beiden gut ging. Aber sie hatte sich geschworen, in Ruhe abzuwarten. Wenn die Zeit reif wäre, würden sie schon zu ihr kommen.

Am folgenden Sonntag, dem letzten schulfreien Tag, war Rose keinesfalls nach Kuchen backen. Sie war zu unruhig und ihre Gedanken drehten sich im Kreis. Langsam machte sie sich wirklich Sorgen. Um sich abzulenken, machte sie einen ausgiebigen Spaziergang mit Jette. Das Wetter war schön, doch die Luft roch nach Herbst. In nicht mal drei Wochen, würde er auch offiziell seinen Platz im Kreis der Jahreszeiten einnehmen.
Bei ihrer Rückkehr hörte sie leise Stimmen und folgte ihnen hoffnungsvoll in den Garten. Und tatsächlich saßen dort Tobias und Elisabeth auf ihrer Gartenbank. Vor ihnen war der Tisch schön gedeckt und ein stattlicher Kuchen prangte in der Mitte. Beide sprangen auf, als sie Rose entdeckten und kamen ihr entgegen. Sie begrüßten und umarmten sich und Rose wurde nicht müde, ihr freudiges Erstaunen zu bekunden.
„Aber das ist ja mein Geschirr, wie seid ihr da bloß rangekommen?"

Elisabeth lächelte verlegen, doch Tobias grinste sie fröhlich an.

„Ich weiß, wo du deinen Ersatzschlüssel versteckst."

Rose tat sehr überrascht und drohte ihm spielerisch mit dem Finger.

„Na, du bist mir ja vielleicht ein Schelm! Wer hätte das gedacht?"

Es war ein sehr vergnüglicher Nachmittag und Rose spürte vom ersten Augenblick an, dass sich etwas zwischen Mutter und Sohn verändert hatte. Auch wirkten beide, jeder für sich, entspannt und gelassen. Leider verhielt sich die Zeit, wie sie sich immer zu verhalten pflegt, wenn man sie genießt, sie raste davon und schon war die Stunde des Abschieds gekommen. Tobias hatte ja am nächsten Tag seinen ersten Schultag nach den Ferien und musste früh aufstehen. Doch bevor sie aufbrachen, ging Rose ins Haus, um etwas zu holen.

„Tobias, ich schulde dir doch noch deinen Lohn. Hier bitte, das ist für dich!"

Der Junge schüttelte mit dem Kopf und schob ihr das Päckchen wieder zurück.

„Danke, aber ich will kein Geld von dir! Mama sieht das genauso! Wegen dir hatte ich doch noch einen tollen Sommer und die Arbeit hat mir so viel Spaß gemacht. Ich möchte auch gerne wiederkommen, um dir weiter im Garten zu helfen und wenn du mir dafür in der Schule hilfst, ist das doch ein cooler Deal!"

Rose sah ihn einen Moment an, dann ging sie auf ihn zu, sodass sie ganz dicht vor ihm stand.

„Mein Lieber, es ehrt dich, dass du mein Geld nicht willst, aber ich fürchte, ich muss darauf bestehen! Wir hatten, wie hast du es so schön genannt, einen Deal und du hast hier schwer gearbeitet. Alleine hätte ich es nie geschafft und dieser Garten ist jeden verdammten Cent wert! Also, wenn du weiter in meinem Garten arbeiten möchtest, nimmst du jetzt dieses Geld!"

Einen Moment zögerte er noch, dann nahm er mit einem breiten Grinsen, das Päckchen.

„Darf ich´s gleich aufmachen?"

„Es ist jetzt deins, du kannst demnach damit machen, was immer du willst!"

Behutsam riss er das Papier auf und starrte auf den Inhalt. In den Händen hielt er ein Buch, einen dicken Umschlag und einen Brief. Ohne ein Wort zu sagen, ging er zur Bank zurück, setzte sich und begann im schwindenden Licht des Tages zu lesen.

Mein lieber Tobias,

du wunderst dich vermutlich, warum ich dir ein Buch schenke, aber es ist ein besonderes Buch, das ich schon als Kind heiß und innig geliebt habe. Ja, so alt ist „Der geheime Garten" schon und noch viel älter. Er wurde 1911 von Frances Burnett geschrieben und ihm habe ich es zu verdanken, dass ich immer Sehnsucht nach einem Garten hatte. Seit meiner

Kindheit und auch während meines Lebens in der Stadt, träumte ich von so einem Stückchen heile Welt, einem Ort, an den die Realität nicht zu gelangen vermag. Der seinen ganz eigenen Gesetzen folgt und in dem man jedes Jahr aufs Neue das Wunder des Lebens neu bestaunen darf. So einen Ort habe ich nun, weil wir ihn gemeinsam erschaffen haben, du und ich, mit unseren Händen. Was aber noch entscheidender ist, mit einem Stück unserer Herzen. Denn nur so, kann etwas von wahrer Schönheit entstehen.

Du hast eine große Gabe, Tobias und auch wenn du diese Gabe später nicht zu deinem Beruf machen wirst, so wünsche ich dir doch, dass du immer einen Garten hast, in dem dein Geist frei atmen kann und deine Seele Kraft und Frieden findet. Bewahre dir die Liebe zu allem Wachsenden, das Staunen und die Freude.

Ich bin unendlich dankbar, dass ich dich kenne und das wir ein Stück des Weges gemeinsam gehen dürfen. Solltest du auf diesem Weg einen Menschen oder einen Garten brauchen, beides findest du hier an diesem Ort!

Hab Dank für Alles, du wunderbarer Junge!

Gott behüte dich!
Dein Wandelröschen

Es dauerte eine ganze Weile, bis Tobias wieder zu ihnen kam. Rose hatte ihn dabei beobachtet, wie er zunächst den Brief gelesen und schließlich das

Buch genau studiert hatte. Als er endlich den Umschlag öffnete, las sie in seiner Miene ungläubiges Erstaunen.

„Warum Wandelröschen?"

Mehr fragte er nicht, nur diese eine Frage. Rose lächelte.

„Meine liebste Freundin Gundi nennt mich immer so, aber leider ist sie die Einzige geblieben, dabei liebe ich diesen Namen. Ich wünsche mir, dass die Menschen, die mir am Herzen liegen, mich genau so nennen. Das würde mich wirklich sehr freuen! Bis auf meine Tochter natürlich, denn Mama, ist und bleibt der schönste Name der Welt."

Bei diesen Worten zwinkerte sie Elisabeth zu, die lächelnd nickte.

Tobias trat zu ihr und nahm sie ganz fest in den Arm.

„Danke, Wandelröschen, für Alles! Aber so viel Geld kann ich unmöglich annehmen!"

Energisch schob Rose ihn von sich und hielt ihn an den Armen fest.

„Fängst du schon wieder an? Das hatten wir doch gerade erst. Dein Stundenlohn ist noch nicht einmal sehr hoch gewesen, es waren eben sehr viele Stunden. Hör zu, es geht mir finanziell ausgesprochen gut. Der Verkauf meiner Stadtwohnung hat gutes Geld gebracht, ich habe meine Rente und ich verbrauche ja nicht viel. In ein paar Jahren wirst du den Führerschein machen wollen, spare es bis dahin auf oder nimm es für, was immer du brauchst. Es ist jetzt dein Geld! Und nun ist Schluss mit diesem Unfug, du musst bald ins Bett, morgen ist Schule. Du kannst jederzeit zu mir kommen und wenn ich gerade nicht da bin, weißt du ja, wo der Schlüssel liegt."

Bei diesen Worten zwinkerte sie ihm schelmisch zu, dann zog sie ihn noch einmal in eine letzte feste Umarmung. Endlich machten sie sich auf den Weg, doch am Tor flüsterte Tobias Elisabeth noch kurz etwas ins Ohr und Rose sah, wie sich ihre Augen weiteten. Der Junge schwang sich auf sein Fahrrad und radelte davon, doch seiner Mutter kam zu Rose zurück.

„Rose bitte, das geht auf gar keinen Fall! Du kannst doch Tobias nicht so viel Geld geben! Dreitausend Euro, das ist ja Wahnsinn!"

Rose stemmte ihre Fäuste in die Seiten und funkelte ihr Gegenüber halb verärgert, halb belustigt an.

„Also jetzt reicht´s mir aber langsam, du hast doch gehört, dass ich mit deinem Sohn bereits alles geklärt habe. Es ist absolut fair, er hat fünf Wochen bei mir gearbeitet, das sind fünfunddreißig Tage mal acht Stunden, sind zweihundertachtzig Stunden, die wiederum mal zehn Euro macht zweitausendachthundert Euro. Ich habe es ein wenig aufgerundet und so kommt es zu dieser absolut gerechtfertigten Summe. Tobias ist eine große Bereicherung für mich und ich bin mir ganz sicher, dass der Garten ohne ihn nicht so wundervoll geworden wäre. Er hat hier Tag für Tag schwer geackert und sich damit das Geld redlich verdient. Darum bitte ich dich, lass es dabei bewenden! Aber wo wir jetzt noch so schön beisammen sind, was ist geschehen, seit ihr das letzte Mal hier ward? Im Übrigen wäre ich wirklich von Herzen froh, wenn auch du mich Wandelröschen nennen würdest!"

Elisabeth kämpfte noch einen Augenblick mit sich, dann schien sie Roses Erklärung zu akzeptieren. Sie atmete tief ein, ehe sie antwortete.

„Liebes Wandelröschen, ich würde alles tun, damit du dich freust! Du ahnst ja gar nicht, wie sehr du uns geholfen hast. Die Zeit, die Tobias hier mit dir verbrachte, hat ihm so unendlich gutgetan. Zum ersten Mal seit Jahren kann er wieder ein ganz normaler Junge sein. Nachdem wir dich an jenem Abend verlassen hatten, haben wir stundenlang geredet. Zum ersten Mal in all der Zeit haben wir uns gegenseitig unsere Gefühle beschrieben. Ich hatte immer wieder versucht, meine Ängste zu erklären, aber Tobias ließ mich ja gar nicht mehr an sich heran. Er sagt, deine Geschichte hat ihn zum Nachdenken gebracht, weil auch du die andere Seite warst, genau wie er. Endlich konnte ich ihm alles erklären, warum ich nicht mehr zu den Untersuchungen gehe und warum das für mich der einzig richtige Weg ist. Noch immer! Tobias hat das akzeptiert, er tröstet sich damit, dass jede Untersuchung ja eine hohe Strahlenbelastung bedeutet, die wiederum auch nicht unbedenklich ist. Wir haben unseren Frieden miteinander gemacht, zumindest für den Moment, aber mehr verlange ich auch gar nicht. Es ist schon so viel mehr, als ich lange Zeit zu hoffen wagte. Das haben wir dir zu verdanken! Doch, du brauchst gar nicht so bescheiden den Kopf zu schütteln. Du hast es doch neulich selbst gesagt, manchmal findet man von alleine nicht mehr aus dem finsteren Tal heraus, dann braucht man eine helfende Hand, die einen wieder ans Licht geleitet. Tobias und ich saßen zusammen in der Finsternis fest und doch war jeder für sich einsam, so konnten wir keinen Ausweg finden. Und dann kamst du mit deinem Garten, deinem Verständnis und mit deinen Worten und hast uns den Weg gewiesen. Dafür kann ich dir nie genug danken, aber wenn es etwas gibt, was ich für dich tun kann, lass es mich wissen."

Rose wischte sich ein paar Tränen ab, sie war zutiefst berührt und auch ein wenig beschämt, so bedeutend, wie Elisabeth es hier darstellte, war ihr Anteil nun wirklich nicht gewesen! Was hatte sie schon groß getan? Doch diese tiefe Dankbarkeit kam ihr sehr gelegen, jetzt, so spürte sie, war es Zeit, ihren Plan in die Tat umzusetzen. Sie wischte sich noch einmal über die Augen.

„Ich glaube, dass du übertreibst! Ihr habt sehr harte Zeiten hinter euch und hättet es sicher auch ohne mich geschafft! Du bist eine wunderbare Mutter, die ihren Sohn zu einem wunderbaren Jungen erzogen hat! Aber wenn es dich beruhigen würde, es gibt tatsächlich etwas, was ich mir wünsche. Und ich glaube, du bist die Einzige, die mir meinen

Wunsch auch erfüllen kann. Allerdings weiß ich nicht, ob ich dich überhaupt darum bitten kann?"

Ratlos blickte Elisabeth sie an.

„Du kannst mich um alles bitten, wenn es mir möglich ist, werde ich deinen Wunsch gerne erfüllen."

Rose atmete tief durch, wie jemand, der gleich ins tiefe Wasser springen muss, dann gab sie sich einen Ruck.

„Du weißt, wie sehr ich meinen Hund liebe! Jette hat mein Leben verändert, ohne sie hätte ich niemals den Mut gefunden, noch einmal neu anzufangen. Vom ersten Augenblick an, bestand eine Verbindung zwischen uns, die ich nicht in Worte fassen kann. Was ich mir wünsche, ist ein Bild von ihr. Kein Foto oder gemaltes Porträt von einem Auftragsmaler, sondern ein Bild, das ihre wunderbare Seele widerspiegelt, von jemandem gemalt, der sie auch kennt. Es ist albern, ich weiß, aber der Vorteil am Alter ist doch, das man sich ein paar Albernheiten herausnehmen darf, oder? Ich weiß nicht, ob ich gerade dich darum bitten darf, ich weiß, dass du seit damals keinen Pinsel mehr angerührt hast, aber ich wollte es wenigstens einmal aussprechen."

Elisabeth sagte kein Wort und sah sie auch nicht an. Nach einer ganzen Weile hob sie langsam den Kopf und blickte in den Himmel hinauf, an dem inzwischen Mond und Sterne leuchteten. Scheinbar endlos standen die beiden Frauen schweigend unter dem Nachthimmel, bis endlich Elisabeth

Rose kurz umarmte, dabei flüsterte sie ihr leise ins Ohr:

„Ich muss darüber nachdenken! Ich kann es dir nicht versprechen, ich glaube, du weißt, was du dir da von mir wünschst, oder?"

Rose schwieg und nickte nur.

„Gib mir Zeit! Ich sage dir Bescheid, sobald ich selbst die Antwort kenne. Danke noch einmal! Danke für Alles, Wandelröschen!"

Damit drehte sie sich um und verschwand in der Dunkelheit.

Rose atmete tief die kühle Nachtluft ein, sie spürte eine kalte Hundeschnauze, die sie zärtlich an der Hand stupste.

„Nun es ist ein Anfang oder was meinst du, meine Süße? Hoffen wir, dass wir bald deine Qualitäten als Künstlermodel kennenlernen werden."

Der Samen geht auf

Am nächsten Tag wirtschaftete Rose lange in ihrem Garten, obwohl es im Grunde nicht viel zu tun gab, doch es beruhigte ihre Nerven. Sie bebte fast vor Ungeduld und konnte nur hoffen, dass nicht wieder so viel Zeit ins Land gehen würde, wie beim letzten Mal, bis sie Elisabeth wiedersah.

Zu ihrer unaussprechlichen Freude musste sie sich nur bis zum späten Nachmittag gedulden.

Rose wolle sich gerade einen Kaffee kochen, als sie eine Fahrradklingel hörte. Rasch rannte sie hinaus und erblickte Mutter und Sohn, die eben von ihren Rädern stiegen. Tobias war schneller und rannte gleich auf Jette zu, die aus dem Garten gelaufen kam.

„Na meine Schöne, ich glaube, wir sollten dich noch ein bisschen hübsch machen, bevor Mama dich malt."

Roses Herz machte einen freudigen Satz, als sie das hörte. Strahlend trat sie auf Elisabeth zu.

„Ist das wahr? Du willst das also wirklich für mich tun? Du ahnst ja gar nicht, welch große Freude du mir damit machst!"

Elisabeth hob beschwichtigend die Hand, in der sie schon einen Skizzenblock hielt.

„Ich werde es zumindest versuchen, aber ob es auch so werden wird, wie du es dir vorstellst, kann ich dir nicht versprechen. Ich habe fünfzehn Jahre lang nichts mehr gemalt oder gezeichnet, wahrscheinlich habe ich längst alles verlernt."

Rose lächelte nur wissend.

„Wahres Talent kann man nicht verlernen und ich möchte auch nicht, dass du dich für mich quälst! Aber dass du es versuchen willst, macht mich unheimlich froh. Kommt doch erst mal herein, ich wollte mir eben einen Kaffee kochen und ich vermute, euch Beiden könnte eine kleine Erfrischung auch nicht schaden. Außerdem würde ich gerne hören, wie dein erster Schultag gelaufen ist, Tobias!"

Während sie an dem langen Holztisch saßen, aßen und tranken, erzählte der Junge ausgiebig von seinem Tag und auch Elisabeth redete zum ersten Mal über ihre Arbeit. Sie arbeitete in der Bäckerei, die mit im Edeka Markt untergebracht war.

„Der Job ist ganz in Ordnung, die Kolleginnen sind nett und ich mag den Duft des frischen Brotes, wenn wir am Morgen die Ware in die Auslage räumen. Die meisten Kunden sind freundlich und die, die es nicht sind, versuche ich schnell wieder zu vergessen. Ich kann wirklich von Glück reden, dass ich damals diese Stelle bekommen habe, so konnte ich viel Zeit mit Tobi verbringen. Mein Chef war auch mehr als fair zu mir, dass er meine Stelle auch während meiner Krankheit für mich freigehalten hat. Das habe ich ihm hoch angerechnet.

Übrigens möchte ich zunächst ein paar Skizzen von Jette machen. Am besten ich beobachte sie einfach eine Weile bei ihren ganz alltäglichen Aktivitäten, dann kann ich ihr Wesen besser einfangen.

Natürlich nur, wenn es dich nicht stört, dass ich so viel Zeit bei dir verbringe."

Rose lachte hell auf.

„Mich stören? So ein Unsinn! Ich freue mich doch über eure Gesellschaft! Komm, wann immer es dir passt! Ich finde, darauf sollten wir anstoßen!"

Sie stand auf und holte die Flasche mit dem selbst gemachten Obstlikör. Nachdem sie zwei Gläser voll und in das Dritte eine kleine Pfütze gegossen hatte, hob sie ihr Glas.

„Selbstgemachter Brombeerlikör, ich dachte schon, ich würde in Brombeeren ertrinken, so reichlich fiel die Ernte aus, aber inzwischen freue ich mich darüber. Also auf uns, auf das Leben und auf zweite Chancen!"

Sie tranken lachend ihre Gläser aus, der Likör war wirklich vorzüglich.

„Ich finde, du übertreibst etwas! Gleich von zweiten Chancen zu reden, ich mache das nur für Dich!"

Rose lächelte Elisabeth geheimnisvoll an, sie sah aus, wie eine Katze vor der vollen Sahneschale.

„Nun, wir wissen ja nie, was das Leben noch für Überraschungen parat hat, nicht wahr? Und das ist auch gut so, wenn ihr mich fragt!"

Der Lauf der Dinge

Rose war überaus zufrieden mit dem Verlauf der letzten Ereignisse. Nun konnte sie gelassen abwarten, wie die Dinge sich entwickeln würden.

In jeder freien Minute waren Tobias und Elisabeth bei ihr und während Rose mit dem Jungen für die Schule arbeitete oder gemeinsam mit ihm im Garten werkelte, saß seine Mutter stundenlang in Jettes Nähe, beobachtete und fertigte eine Skizze nach der anderen an. Leider ließ sie niemanden einen Blick darauf werfen, doch weder Rose noch Tobias entging die Tatsache, dass Elisabeth sich veränderte. Die Veränderung war subtil, doch mit jedem Tag, an dem sie mit ihrem Block und den Stiften unterwegs war, wurde ihre Haltung aufrechter, der Blick klarer, die Schultern strafften sich und während sie malte, umgab eine Aura der Entrücktheit ihr ganzes Wesen. Jetzt konnten sie in ihr das junge Mädchen erkennen, das stundenlang umhergestreift war, um zu malen. Das voller Enthusiasmus zum Studium aufgebrochen war, bis es schließlich mit gebrochenen Flügeln und gebrochenem Herzen zurückgekehrt war. Doch wie hatte Rose es so schön formuliert, man wusste ja nie, was das Leben noch für Einen bereithielt.

Über all den aufregenden Geschehnissen hätte sie beinahe schon wieder ihre Freundin in der Ferne vergessen. Das heißt, selbstverständlich hatte sie nicht die Freundin an sich vergessen, aber ihre

Verständigung per Email. Bevor es sich noch weiter hinauszögerte, setzte sie sich lieber an ihren Laptop und berichtete ausführlich über die vergangenen Ereignisse. Jetzt war Gundula wieder am Zug und über mangelnde Informationen konnte sie sich nun auch nicht mehr beschweren. Offensichtlich hatte ihre liebste Freundin darauf gewartet, dass Rose ihr zuerst schrieb, denn schon am Morgen nach ihrer langen Mail, hatte sie eine Nachricht in ihrem virtuellen Postfach.

Von: <u>Gundi@Thormann.de</u>
An: <u>Wandelröschen@t-online.de</u>

Betreff: *Aha!!!*

Na meine Süße,
da hast du aber gerade eben noch die Kurve gekriegt. Wenn man bedenkt, dass ja eigentlich ich diejenige bin, die umherreist und von ihren Abenteuern zu berichten hat, solltest demnach also du diejenige sein, die sehnsüchtig auf Post von deiner liebsten Freundin in der Ferne wartet. Aber Pustekuchen! Die Freundin in der Ferne starrt nahezu Abend für Abend traurig und zerknirscht in ihr leeres Postfach und fragt sich: „Was zum Teufel treibt diese Frau da in ihrem einsamen Wald nur, dass sie gar nie schreibt?" Okay, okay, das nie streiche ich aus dem Protokoll, denn das würdest du mir ja nie durchgehen lassen.

Im Ernst, du ahnst ja nicht, welche unglaublichen Kapriolen meine Fantasie schlägt, wenn ich dich im Geiste in deinem Häuschen sitzen sehe. Da ist es doch sehr hilfreich, wenigstens aus der Ferne, dem Drama mit deinem Mutter-Sohn-Gespann beizuwohnen. Ich freue mich, dass es so gut läuft und damit schließe ich ALLES ein!!! Da stecke ich als weltbeste Freundin natürlich auch gerne mal die ausbleibenden Mails weg☺!

Na schön, ich gebe es zu: Ich gucke nicht jeden Abend in mein Postfach, aber bestimmt häufiger als du! Ich bin nämlich tatsächlich auch ziemlich beschäftigt. Seit fast zwei Wochen sind wir in Schottland und ich bin schon fast ein wenig wehmütig, dass es morgen wieder weiter geht. Das hier ist ein traumhaftes Land, in dem man sich gut vorstellen kann, dass alle Mythen und Legenden wahr sind. Allein Edinburgh ist so zauberhaft, die Straßen wirken wie die Winkelgasse aus den Harry Potter Geschichten. Ich habe allen Ernstes nach Eulen Ausschau gehalten, so sehr bin ich dem Zauber erlegen. Bis mein Mann, der Gute, mich wieder „erweckt" hat, allerdings nicht mit einem Kuss, sondern mit der Bemerkung, er sei doch langsam mal gespannt, ob ich zuerst auf dem Kopfsteinpflaster stolpern oder ob mir doch erst eine Taube ins Gesicht kacken würde, wenn ich weiter so ein Hans-guck-in-die-Luft-Gebaren an den Tag legte. Charmant wie wir ihn kennen und lieben! Berthold hat sich aber wacker geschlagen, fast zehn Stunden sind wir durch die Stadt gelaufen und dabei geht es ziemlich hoch und runter. Das Schloss hat er dann aber doch verweigert, die würden ja doch überall gleich aussehen. Ich muss zugeben, mir taten die Füße so höllisch weh, dass ich mich widerstandslos zurückbugsieren ließ. Wir hatten das Schneckenhaus draußen geparkt und nahmen den Zug, um in die Stadt zu fahren. Selbst der Bahnhof war zauberhaft, kein Vergleich zu unseren hier. Überhaupt war ich so begeistert von den Zugverbindungen, dass ich Berthold überreden konnte, auch in den nächsten Tagen, immer wieder mit dem Zug zu fahren. Die Menschen hier sind so was von freundlich und hilfsbereit, ich bin hin und weg. Letzte Woche sind wir dann noch einen Tag lang auf dem sogenannten coastal path (Küstenpfad) gewandert. Da gab es so kleine Inseln mit Seehunden drauf (vielleicht waren es aber auch Seerobben, so genau weiß ich das immer nicht) und einen richtigen Wasserfall, Wahnsinn! Wir sind aber nur zwei Orte weit gekommen, dann konnte ich meinen Mann weder mit Geld, noch guten Worten dazu bringen, auch nur einen Schritt weiterzugehen. Aber ich will mich nicht beklagen, im Grunde war ich auch schon ziemlich erledigt, so konnte ich noch angeben, wunder wie fit ich doch noch wäre (Hihi☺)! Wir sind dann mit dem Zug weiter in die Highlands gefahren, wunderschön!!! Solltest du dich jemals wieder von deinem Garten mit Häuschen loseisen können...hier würde es dir gefallen. Alleine schon wegen der Pflanzen und Bäume, wo du doch jetzt so ein Gartenwichtel geworden bist. Jedenfalls, ist mir wirklich etwas traurig zumute, dass wir morgen dieses wundervolle Land, in dem sogar die Bahnhöfe grünen und blühen, wieder verlassen werden. Aber auf Norwegen freue ich mich auch, da geht es nämlich mit dem Schiff hin. Ich wäre ja noch nach Island gefahren, das soll ja auch ganz besonders sein, aber da hat Berthold sich verweigert. Das sei ja schon beinahe Grönland, als Nächstes würde ich dann sicher die Arktis besuchen wollen, das sei ihm aber entschieden zu kalt und zu weit ab von jeder Zivilisation. Er meint natürlich, von der ihm bekannten Zivilisation, aber eine kluge Frau muss wissen, was sie ihrem Gatten zumuten kann und was nicht. Darum also Norwegen. Ich werde mir Notizen machen, damit ich nichts vergesse, solltest du erst wieder schreiben, wenn wir Skandinavien längst verlassen haben. (Das war eine klitzekleine Anspielung, eine ganz winzige!)

Jetzt muss ich mich trollen, wir wollen heute noch mal Essen gehen, Berthold will sich unbedingt das schottische Nationalgericht „Haggis" antun und hinterher jammert er dann wieder über die fremde Küche, die er gar nicht gut verträgt. Na ja, verstehe einer die Männer!

Ich wünsche dir noch eine ganz, ganz gute Zeit mit deiner „Zweitfamilie"! Ich bin trotz allem doch auch irgendwie froh, wenn ich wieder zu Hause bin und in deiner Nähe! Du fehlst mir nämlich!

Bleib behütet! Ich umärmel dich soooooo... fest, liebstes Wandelröschen!

Deine Gundi

PS. Berthold lässt schon wieder grüßen!

PS2. Ich gebe an dieser Stelle zu, wenn auch ungern, dass ich einen leisen Hauch von Eifersucht und Besitzansprüchen verspürte, als ich lesen musste, dass dich Tobias und seine Mutter jetzt auch Wandelröschen nennen. Doch natürlich bin ich über meinen Schatten gesprungen, habe dabei gleich meinen inneren Schweinehund platt gemacht und mich, als beste Freundin, dazu durchgerungen, mich für dich zu freuen, denn ich weiß ja, dass du diesen Namen liebst. Im Übrigen bleibt er ja meine Kreation, also halte ich Patent und Eigentumsrechte, was meinem etwas leidenden Ego, gleich wieder neuen Aufschwung verleiht.
Jetzt verschone ich dich aber wirklich mit weiteren Bandwurmsätzen meinerseits, bei denen man ja zuweilen achtgeben muss, dass man sich am Ende des Satzes noch an den Anfang erinnert, ohne den das ganze sorgfältige Konstrukt, ja gänzlich sinnfrei bliebe. (☺)

Eine freudige Überraschung

Nun hatte der Herbst endgültig Einzug gehalten und ohne Tobias Hilfe, wäre Rose dem ganzen Laub wohl niemals Herr geworden. Zusammen machte es hingegen sogar Spaß, besonders wenn Jette versuchte, sich unter dem dichten Laub, die Walnüsse zu schnappen, ehe einer von ihnen eine Chance dazu hatte. Mit großer Begeisterung knackte sie die Nüsse mit den Zähnen und fraß dabei nur den schmackhaften Inhalt.

Der große Walnussbaum trug gut in diesem Jahr und so bekam jeder seinen Teil, sogar die Eichhörnchen, die aus dem Wald kamen und emsig die Nüsse in ihre Verstecke schafften. Bei dem Gedanken, dass sie im Winter keinen Hunger leiden mussten, weil sie von ihren Nüssen zehren konnten, wurde Rose ganz warm ums Herz.

Solange sie sich erinnern konnte, ertrug sie den Abschied vom Sommer nur schwer. Der Verlust von Licht und Wärme schlug ihr aufs Gemüt und in jedem Jahr musste sie von Neuem darum kämpfen, nicht allzu trübsinnig zu werden.

Hier jedoch, in ihrem neuen Zuhause, mit ihrem Hund, ihrem Garten und ihren Freunden, freute sie sich schon auf gemütliche Abende in ihrer Küche bei flackerndem Feuerschein. Stürmische Spaziergänge mit ihrer geliebten Hündin und danach das heimelige Gefühl, in ein warmes Zuhause zurückzukommen.

Als sie eines Abends gerade von draußen herein gekommen war, klingelte das Telefon. Noch mit ihren Stiefeln an den Füßen hastete sie zum Sekretär, auf dem das Telefon stand.

„Wandel"

Sie hörte eine lachende Stimme, die sie so gut kannte, wie ihre eigene.

„Hier auch Wandel, hallo Mama! Wo habe ich dich denn hergeholt? Du klingst ja so atemlos?"

Rose klemmte sich den Hörer unters Kinn und streifte sich die Schuhe ab.

„Wäre ich Atem los, würde ich nicht mehr klingen, mein Schatz! Ich komme gerade von meiner Abendrunde mit Jette und bin eben zur Tür rein, als es klingelte. Aber sag, wie geht es dir, in der großen Stadt? Es ist doch hoffentlich alles in Ordnung bei dir?"

Rose konnte die Sorge um ihr Kind nie ganz überwinden, dabei war Salome ja längst erwachsen.

„Also Mama, ich werde doch noch mal meine Mutter anrufen dürfen, ohne dass du dir gleich Sorgen machst! Tatsächlich hatte ich Sehnsucht nach dir!"

Das ging Rose wie Öl runter und lächelnd setzte sie sich auf einen Stuhl.

„Nur wer die Sehnsucht kennt, weiß was ich leide! Es freut mich, dass du Sehnsucht nach mir hast, denn ich kenne dieses Gefühl nur zu gut. Doch ich beherrsche mich, denn ich will dir nicht zur Last fallen, du bist erwachsen und führst dein eigenes Leben."

„Von dem du immer ein wichtiger Teil sein wirst! Ich weiß, dass du mich so selten anrufst, weil du mir nicht auf die Nerven gehen willst, aber ein wenig öfter, als in den letzten Monaten, wäre doch ganz schön. Gundi schreibt auch, dass du gar keine Zeit mehr für uns hast, weil du so mit deinem neuen Leben beschäftigt bist. Aber ich weiß, dass sie sich wahnsinnig für dich freut. Sie hat sich große Sorgen um dich gemacht, das haben wir beide. Weißt du?"

Rose seufzte leise, sie allein wusste, wie viel Grund zur Sorge sie tatsächlich gehabt hatten, aber das würde ihr Geheimnis bleiben.

„Ich weiß, mein Herzenskind und es freut mich, dass du mit deiner Patentante immer noch so engen Kontakt hast. Sie beschwert sich regelmäßig bei mir darüber, dass ich so wenig Zeit für sie habe, dabei sollte sie doch eigentlich ausgelastet sein."

„Apropos Zeit, da du ja immer so schwer beschäftigt bist, ich dich aber so gerne wieder einmal sehen möchte, würde ich gerne zu dir kommen. Hast du am Wochenende Zeit? Inzwischen kann man sich da ja nicht mehr so sicher bei dir sein. Arbeitet dieser Tobias noch immer bei dir? Ich würde ihn liebend gerne einmal kennenlernen. Und wo wir schon beim Thema sind. Hättest du etwas dagegen, wenn ich eine Freundin mitbringe? Ich habe Lilli auf der Arbeit kennengelernt und wir sind fast jeden Tag zusammen. Philip hat schon gemeint wir wären fast wie Gundi und Rose, das empfinde ich übrigens als großes Kompliment! Als Kind habe ich dich immer um diese Freundschaft beneidet."

„Aber Sally, davon wusste ich ja gar nichts! Warum hast du nie mit mir darüber gesprochen?"

„Weil es nichts geändert hätte! Du konntest mir ja keine beste Freundin backen, auch wenn du es sicher für mich versucht hättest. Jetzt ist doch alles gut und Lilli ist eine verwandte Seele. Ich habe ihr schon so viel von dir erzählt, dass sie dich unbedingt kennenlernen möchte. Kann ich sie mitbringen?"

Rose spürte die Vorfreude in sich, wie Bläschen in einem Sektglas hochsteigen. Endlich würde sie ihr Kind wiedersehen. Ganz gleich, wie alt Sally auch werden mochte, für sie würde sie immer ihr kleines Mädchen bleiben.

„Natürlich darfst du deine Lilli mitbringen! Ich freue mich so unbeschreiblich auf dich! Wann genau kommst du?"

Sie verabredeten, dass Sally mit ihrer Freundin am Freitagnachmittag kommen würde und am Samstag wollte sie Tobias und Elisabeth zum Essen dazu einladen, dann könnten sich alle endlich einmal kennenlernen. Bis Sonntag hätte sie ihr Kind wieder unter ihrem Dach, welch wunderschöner Gedanke.

Zärtlich verabschiedeten sich Mutter und Tochter und Rose tanzte förmlich in die Küche und goss sich zur Feier des Tages ein Glas Rotwein ein. Was war sie doch für ein reicher und gesegneter Mensch, sie hatte wahrlich Grund zu danken.

Gemeinsame Stunden

In der Nacht bevor Sally kommen sollte, tobte der erste Herbststurm ums Haus. In der Stadt hatte Rose es gemocht, wenn der Wind durch die Straßen pfiff, da war ihr ihre kleine Wohnung immer so behaglich vorgekommen. Hier jedoch, erfüllte sie der brausende Wind mit seinen heftigen Böen beinahe mit Angst, in jedem Fall aber mit tiefer Ehrfurcht. Die Dachziegel klapperten und das Heulen des Sturmes, erfüllte das ganze kleine Haus. Immer wieder hörte sie ein Krachen von draußen und sorgte sich um die großen Bäume, die unweit hinter ihrem Grundstück wuchsen. Am meisten aber, fürchtete sie um ihren schönen großen Walnussbaum. Sicher war es ärgerlich, wenn am Dach ein Schaden entstand oder Ähnliches, doch all das konnte man mit finanziellen Mitteln zügig wieder richten. Einen Baum dagegen, der viele, viele Jahre gewachsen war, konnte man nicht einfach mal so ersetzen und ihr blieb wohl kaum die Zeit, einen jungen Baum zu pflanzen, um ihn anschließend auch noch groß und mächtig zu erleben. Aus diesem Grund bangte sie nun um ihre Bäume.

Während sie in ihrem Bett lag und dem Sturm lauschte, fühlte sie die altbekannte Furcht in sich aufsteigen. Sie wusste, sollte es ihr nicht gelingen sie aufzuhalten, würde sie sich dunkel und schwer über ihr ausbreiten und ihr den Atem nehmen. Früher hatte es viele solcher Nächte gegeben, in denen sie sich so schrecklich ohnmächtig gefühlt hatte. Und noch immer lauerte diese Angst im Untergrund, wie eine wilde Bestie - bereit ihre Klauen jederzeit wieder in Roses Herz zu schlagen.

An Schlaf war nicht zu denken, auch Jette hatte Angst. Sie lag zusammengerollt halb unter dem Bett verborgen und Rose streichelte sie unablässig, um sie und auch sich selbst zu beruhigen. Die Gegenwart ihrer Hündin half ihr, ihrer Angst Herr zu werden. Sie hatte diesen Kampf schon oft gewonnen und würde es immer wieder tun.

Erst gegen drei Uhr fiel sie endlich in einen unruhigen Schlaf.

Am nächsten Morgen fühlte sie sich dementsprechend gerädert, auch wenn die Freude auf den Besuch ihr genügend Schwung verlieh, um alle ihre Erledigungen rasch zu verrichten.

Gleich nach dem Aufstehen war sie zuerst in den Garten gegangen, um nach dem Rechten zu sehen. Aber bis auf ein paar Äste, die herumlagen, hatten weder die Bäume noch der Garten im Allgemeinen, irgendeinen größeren Schaden erlitten. Zutiefst erleichtert begann sie, gleich nach dem Frühstück, mit den Besuchsvorbereitungen. Schon bald erfüllte ein wundervoller Kuchenduft das Haus, die Betten waren frisch bezogen und gerade war Rose dabei, vor dem Gartentor das letzte Laub weg zu harken, als Sallys grüner Mini die Waldallee entlang kam. Bei diesem Anblick hüpfte Roses Herz vor Freude und rasch räumte sie den Rechen weg und fuhr sich übers Haar. Der Sturm hatte alle Wolken weggeblasen und nun strahlte die Sonne vom blauen Himmel und ließ das letzte Laub an den Bäumen aufleuchten. Sie freute sich so sehr auf Sallys Reaktion auf den Garten, beim letzten Mal, als sie ihn gesehen hatte, war er noch in einem katastrophalen Zustand gewesen.

Mit einem Hupen fuhr Salome schwungvoll auf das Grundstück und sprang sofort aus dem Auto, sobald es zum Stehen gekommen war.

„Mama, endlich! Du hast mir so gefehlt! Du siehst müde aus, ist alles okay mit dir?"

Rose lachte vor Glück und drückte Sally einen Kuss aufs Gesicht.

„Mein Schatz, es könnte gar nicht besser sein! Schon gar nicht jetzt, wo du hier bist. Wir hatten letzte Nacht nur einen bösen Sturm, der mich wachgehalten hat. Als Städterin muss ich mich erst noch an die wilden Winde hier draußen gewöhnen! Ich freu mich so, dass ihr da seid! Und das ist bestimmt Lilli."

Ein junges Mädchen war ausgestiegen und blieb verlegen neben dem Auto stehen. Bei ihrem Anblick musste Rose unweigerlich an die Geschichten von Feen und Elfen denken. Sie war ungeheuer zart und über ihren Rücken floss eine Kaskade von hellblondem Haar. Das zarte Gesicht wurde von den großen blauen Augen dominiert und als sie nun zaghaft lächelte, zeigten sich zwei Grübchen in ihren Wangen. Sie sieht aus, wie eine leibhaftige Muse oder wie eine Schauspielerin in einem dieser Fantasyfilme, dachte Rose. Allerdings zeigte ihr scheues Auftreten, das sie sich ihrer Wirkung offensichtlich nicht bewusst war. Sally ging zu ihr und zog sie sanft zu ihrer Mutter heran. Es war kaum vorstellbar, noch unterschiedlicher zu sein, als diese beiden jungen Frauen es waren. Sally hatte die kräftige Statur ihrer Eltern geerbt und kämpfte seit Kindesbeinen mit ihrem Gewicht. Das Auffälligste an ihr, war schon immer ihr Haar. Es war dick, ein wenig wellig und an den Spitzen lockte es sich, doch was es so einzigartig machte, war seine Farbe. Der Ton passte wunderbar zu diesem Herbsttag, denn das Braun changierte sehr ins Rot, das wie meliert in verschiedenen Nuancen schimmerte, ein paar ganz helle Kupfersträhnen dazwischen, ließen die Farbe so lebendig wirken. Schon als Kind wurde sie immer wieder gefragt, ob sie ihre Haare gefärbt hatte. Rose war immer sehr froh gewesen, dass ihre Tochter so wunderschönes Haar hatte, denn als rundliches Kind, zudem noch mit einer dicken Brille, dank ihrer Frühgeburt, hatte sie es nicht immer leicht gehabt. Mittlerweile trug sie aber Kontaktlinsen.

„Huhu Mama!"

Sally wedelte mit ihrer Hand vor dem Gesicht ihrer Mutter.

Rose blinzelte ein paar Mal, sie hatte sich völlig von ihren Erinnerungen in Beschlag nehmen lassen.

„Bitte entschuldigt! Offensichtlich werde ich wohl langsam wirklich alt. Herzlich willkommen Lilli! Ich freue mich, dass du mitgekommen bist!"

Sie hielt dem Mädchen ihre ausgestreckte Hand hin, die diese mit zarten Fingern ergriff. Erstaunlicherweise war ihr Händedruck aber fest und seltsamerweise freute sich Rose darüber. Sie hatte schon immer gefunden, dass der Händedruck, eine Menge über einen Menschen verraten konnte.

„Kommt doch herein! Ich habe einen Kuchen gebacken und sobald der Kaffee fertig ist, stärken wir uns erst mal. Und dann zeige ich euch, wo ihr schlafen werdet. Sally ihr nehmt mein Schlafzimmer und ich gehe ins Wohnzimmer. Mein neues Sofa ist himmlisch bequem."

Kurz darauf saßen sie in der Küche beisammen und ließen sich Roses köstlichen Apfelkuchen schmecken.

„Die Äpfel sind von meinem eigenen Baum, Boskop, das ist noch eine ganz alte Sorte. Sie eignet sich hervorragend für Kuchen und heute Abend müsst ihr von meinem selbst gemachten Brombeerlikör probieren."

Sally betrachtete ihre Mutter, dann sah sie sich in der behaglichen Küche um, im Kaminofen brannte ein lustig loderndes Feuer und davor, auf einem dicken Schaffell, lag Roses geliebte Hündin.

Sie spürte, wie ihr Tränen in die Augen traten, sie war so unendlich dankbar, dass ihre Mutter hier eine Heimat gefunden hatte und endlich so leben konnte, wie sie es sich doch immer schon gewünscht hatte. Sie hatte es mehr als verdient, noch einmal von vorne anfangen zu dürfen. Sally stand auf und schlang ihrer Mutter, die Arme um den Hals.

„Ach Mama, du ahnst ja gar nicht, wie schön es ist, dich so zu erleben, dich hier zu sehen mit deinem Brombeerlikör, dem Apfelkuchen und deinem Hund."

Rose lachte leise.

„Na ich hoffe doch aber, nicht in dieser Reihenfolge oder?"

Auch Sally musste lachen und gab ihrer Mutter noch einen Kuss aufs Haar.

„Die Reihenfolge ist mir herzlich egal, solange du nur glücklich bist."

Sie schniefte laut und nahm sich noch ein Stück von dem Kuchen. Nach kurzem Zögern tat sie noch eine gute Portion Schlagsahne darauf.

„Ach scheiß drauf! Heute ist ein besonderer Tag, Diät kann ich auch morgen noch machen."

Rose grinste ihre Tochter verschmitzt an.

„Morgen haben wir Gäste, da gibt es auch etwas Gutes!"

Sally zuckte mit den Schultern und schmunzelte.

„Dann eben übermorgen! Läuft mir ja nicht davon. Leider!"

Nach dem Essen begleiteten die beiden jungen Frauen, Rose hinaus und stolz präsentierte diese, ihren Garten. Man spürte die Bewunderung ihrer beiden Besucherinnen und besonders vom Teich war ihre Tochter hell auf begeistert.

„Mensch Mama, so einen Teich wolltest du doch schon immer haben. Der ist so schön und er wirkt gar nicht, als hättet ihr ihn erst im letzten Sommer angelegt. Wahnsinn!"

Als die Besichtigungstour beendet war, machten sie noch alle gemeinsam einen Spaziergang, schließlich musste Jette ja, trotz des Besuches, auf ihre Kosten kommen. Sally kannte die Umgebung ja schon ein bisschen, aber Lilli schien absolut hingerissen von allem, was sie sah. Rose freute sich sehr, dass auch den beiden Mädchen, der Zauber des Waldes nicht entging. Ziemlich verfroren und mit roten Nasen kamen sie erst nach Einbruch der Dunkelheit ins Haus zurück. Der Wind hatte aufgefrischt, doch in der Behaglichkeit ihrer warmen Küche, durch die schon die Wohlgerüche des Abendessens zogen und in Gesellschaft der beiden jungen Frauen, empfand Rose nur Dankbarkeit und ein wenig Besitzerstolz. Nach einem schmackhaften und sehr unterhaltsamen Abendessen, Rose hatte Sallys Lieblingsessen gekocht, warmen Kartoffelsalat mit Fleischwurst, saßen sie noch lange beieinander. Sie tranken Wein, knabberten von den Walnüssen, des Eichhörnchenbaumes, wie Rose ihn getauft hatte, und erzählten sich gegenseitig von den Geschehnissen der vergangenen Monate. Auch wenn sie regelmäßig telefoniert hatten, war doch viel passiert, von dem der jeweils Andere noch nichts wusste. So erfuhr Rose, dass Lilli erst seit Kurzem in Sallys Firma arbeitete, noch unsicher, ob dies überhaupt das Richtige für sie war. Mit ihren zweiundzwanzig Jahren war sie vier Jahre jünger als

Sally, doch sie hatten sich vom ersten Moment an blendend verstanden. Nach einem gemeinsamen Mittagessen stand für beide fest, dass sie verwandte Seelen waren. Rose freute sich so sehr für ihre Tochter, sie wusste, dass die es immer schwer gehabt hatte, Freundschaften zu schließen.

Salome und Lilli hingegen, erfuhren die ganze Geschichte von Tobias und seiner Mutter. Und natürlich berichtete Rose ausgiebig über die gemeinsame Arbeit im Garten, bis sie sich schließlich selbst bremste.

„Oh bitte entschuldigt! Ich langweile euch hier mit meinen „Schöner Garten – Geschichten", dabei weiß ich ja selbst, wie langweilig das werden kann. Besonders für dich, Lilli! Da kommst du eigens hierher, um dich von einer alten Frau in Grund und Boden quasseln zu lassen."

Lilli schüttelte lachend den Kopf.

„Aber nein gar nicht, ich kann Sie gut verstehen, der Garten ist ein Traum! Irgendwann will ich auch mal so einen Garten haben!"

Sie war den ganzen Abend sehr still gewesen, doch Rose kannte sie zu wenig, um beurteilen zu können, ob das an ihrem Wesen lag oder ob sie vielleicht etwas auf dem Herzen hatte. Allerdings hatte sie so ein Gefühl, dass die junge Frau etwas bedrückte. Voller Wärme lächelte Rose sie an.

„Bitte Lilli, sag doch du zu mir und es würde mich sehr freuen, wenn du mich Wandelröschen nennen würdest."

Sally blickte sie staunend an.

„Wandelröschen? Aber so nennt doch nur Gundi dich!"

„Und das habe ich schon immer bedauert. Eine Zeit lang habe ich sogar versucht, deinen Vater zu überreden, mich so zu nennen, aber du kanntest ihn ja, er verabscheute jegliche Form von Kosenamen. Er meinte immer, warum sich Eltern erst die Mühe machen sollten, einen Namen zu finden, wenn hinterher dann doch nichts mehr davon übrig war. Aber ich habe diesen Namen von Anfang an geliebt, so wie ich auch das echte Wandelröschen liebe und deshalb habe ich beschlossen, dass zu meinem neuen Leben auch ein neuer alter Name gehören soll."

Sally nickte verstehend.

„Möchtest du, dass ich dich ab jetzt auch so nenne?"

Rose hob abwehrend die Hände.

„Aber lieber Himmel, nein! Ich wäre todtraurig, von dir nicht mehr Mama genannt zu werden. Wandelröschen bin ich für einige Menschen, die mich mögen, aber Mama bin ich nur für einen einzigen Menschen auf dieser Welt und der bis du, mein Herzenskind!"

Sally umarmte ihre Mutter ganz fest und eine Weile hielten sie sich eng umschlungen. Lilli saß lächelnd dabei und nippte etwas verlegen an ihrem Wein.

Endlich löste Rose sich aus der Umarmung und seufzte.

„Ach Kinder, es ist so unheimlich schön, dass ihr hier seid. Doch ich fürchte, ich muss ins Bett. Aber morgen ist ja auch noch ein Tag. Gute Nacht, ihr Zwei und schlaft gut!"

Sie rief nach Jette und gemeinsam verschwanden sie in ihrem Schlafzimmer.

Lillis Kummer

Der nächste Morgen brach ebenso schön und sonnig an, wie am vergangenen Tag. Rose schlich leise in die Küche, um sich einen Kaffee zu kochen, sie wollte die Mädchen nicht wecken, immerhin hatten sie ja Wochenende. Daher war sie sehr erstaunt, als Lilli fertig angezogen in der Küche erschien, als der Kaffee gerade durch war. Sie sah blass und übernächtigt aus, doch sie lächelte Rose freundlich an.

„Darf ich mich zu dir setzen? Ich möchte dich aber nicht in deiner morgendlichen Routine stören!"

Rose holte ein zweites Gedeck aus dem Küchenschrank und hielt die Kaffeekanne hoch.

„Möchtest du eine Tasse? Ganz frisch gekocht! Du störst kein bisschen, im Gegenteil, ich freue mich über ein wenig Gesellschaft beim Frühstück. Ich habe selbst gebackenes Brot, wie wäre es mit einer Scheibe?"

Lilli setzte sich Rose gegenüber und nahm dankbar den Kaffee entgegen.

„Sehr gerne, danke! Dein Brot backst du auch selber? Ich finde das bewundernswert, wenn man so viel alleine zubereiten kann. Hast du das schon immer getan?"

Rose lachte amüsiert, während sie mit dem Messer eine dicke Scheibe Brot abschnitt und sie dem Mädchen auf den Teller legte.

„Nein, ganz im Gegenteil, ich hatte nie besonders viel fürs Backen übrig. Gekocht habe ich eigentlich ganz gerne, nur dass es täglich sein musste, störte mich. Ich war keine sonderlich gute Hausfrau, bin es bis heute nicht. Wenn ich in meinem Garten arbeite oder ein gutes Buch lese, vergesse ich alles um mich herum. Weißt du, wenn ich in fernen Ländern unterwegs bin, was geht mich dann meine unaufgeräumte Küche an?"

Dabei zwinkerte sie Lilli zu, die lachte. Sie frühstückten einträchtig zu Ende, doch von Sally war noch immer nichts zu hören. Rose winkte nur ab.

„Sie ist noch nie gerne früh aufgestanden, wir lassen sie ausschlafen. Ich muss meine Morgenrunde mit Jette drehen, fühl dich wie zu Hause, „La mia Casa e la dua Casa", wie meine spanische Kollegin immer zu sagen pflegte."

Lilli sah sie fragend an.

„Ehrlich gesagt würde ich gerne mitkommen, wenn ich darf?"

„Aber Lilli, natürlich darfst du! Wir fühlen uns geehrt, von so einer bezaubernden jungen Frau begleitet zu werden, nicht wahr altes Mädchen?"

Liebevoll strich sie Jette über den Kopf.

Sobald sie warm angezogen waren, marschierten sie los. Auch wenn die Sonne schien, blies ihnen der Wind kalt entgegen. Im Schutz der Bäume wurde es milder. Eine ganze Weile liefen sie schweigend nebeneinander her, doch es war kein unangenehmes Schweigen, es fühlte sich an, wie ein gemeinsames Atemholen.

Irgendwann brach Lilli das Schweigen.

„Hast du denn gar keine Leine für Jette mit?"

Rose blickte liebevoll zu ihrer Hündin, die nur wenige Schritte entfernt, den Waldboden untersuchte.

„Ich brauche keine Leine für sie. Seit ich hier mit ihr lebe, ist sie mir noch kein einziges Mal, weiter als ein paar Meter, von der Seite gewichen. Es ist, als hätten wir einen stillschweigenden Pakt, Keine ohne die Andere, wir sind ein Team. Das ist etwas ganz Besonderes, was wir da haben, dafür danke ich Gott jeden Tag! Ich liebe diese Spaziergänge mit ihr, dabei ist mir auch das Wetter egal, na ja jedenfalls beinahe. Ich fühle mich nie einsam, wenn ich meinen Hund neben mir habe, aber ich freue mich auch sehr über menschliche Gesellschaft, wie die deine heute. Ich war ein wenig überrascht, dass du schon so früh aufgestanden bist. Bist du eine Lerche?"

Lilli blickte sie fragend an.

„Eine Lerche? Wieso das denn?"

Rose lachte leise in sich hinein.

„Ah ja, offensichtlich kennst du das Vogelgleichnis nicht. Es ist nämlich so, dass es auch unter den Menschen, Lerchen und Eulen gibt. Die Lerchen sind jene, die morgens gern und früh aufstehen, dafür aber eben auch zeitig ins Bett gehen. Die Eulen hingegen kommen am Morgen schlecht aus dem Bett und am Abend schlecht hinein, weil sie die Nacht gerne zum Tag machen. Die einen sind tag- und die anderen nachtaktiv, das entspricht unserem natürlichen Biorhythmus. Sieh dir Sally an, sie ist eine kleine Eule, im Grunde bin ich das auch, nur hat sich mein Rhythmus mit dem Alter etwas verändert. Du bist also eine kleine Lerche?"

Lilli zögerte einen Augenblick, dann schüttelte sie betrübt den Kopf.

„Nein, ich bin eigentlich keine Lerche, im Gegenteil, ich konnte schon immer nachts am besten lernen und arbeiten. Es ist nur so, dass ich in letzter Zeit nicht so besonders gut schlafe, genau genommen mache ich im Moment überhaupt nichts gut."

Und zu Roses Bestürzung, brach das zarte Mädchen neben ihr unvermittelt in Tränen aus.

Behutsam legte die ältere Frau ihr einen Arm um die Schultern und sofort lehnte Lilli sich an sie und begann, noch haltloser zu schluchzen.

Rose ließ sie, denn sie wusste ja aus eigener Erfahrung, dass Tränen eine sehr heilsame Wirkung haben konnten. Sie spülten Schmerz und Leid aus dem Herzen und linderten damit oft die größte Pein, zumindest für den Augenblick. Tränen gehörten ebenso zum Leben, wie das Lachen und selbst aus einem lachenden Auge flossen sie zuweilen.

Es dauerte lange, bis Lilli sich wieder beruhigt hatte, dann reichte Rose ihr wortlos ein Taschentuch und die junge Frau putzte sich geräuschvoll die Nase.

Schließlich begann sie stockend zu reden.

„Ich weiß nicht, was ich tun soll! Seit ein paar Monaten bin ich mit Mischa zusammen, ich liebe ihn wirklich sehr und alles schien ganz klar. Dann kam sein Cousin von seinem Auslandssemester zurück, sie wohnen gemeinsam in einer WG. Als ich Jonathan zum ersten Mal sah, war mir, als hätte mich ein Blitz getroffen. Er sagt, dass es ihm genau so ergangen sei. Ich nahm mir fest vor, mit Mischa Schluss zu machen, doch als ich dann vor ihm stand, spürte ich, dass ich auch ihn noch liebe. Wie kann das denn sein? Wie kann ich zwei Männer gleichzeitig lieben und wie soll ich mich zwischen ihnen entscheiden? Werde ich mich nicht mein ganzes Leben lang fragen, ob ich die richtige Entscheidung getroffen habe? In Geschichten ist immer alles ganz klar und der Weg vorgezeichnet, aber wie kann ich wissen, ob ich nicht einen Fehler mache? Mischa hat mir einen Antrag gemacht und im Grunde will ich ihn ja auch heiraten, aber damit breche ich Jonathan das Herz und dafür liebe ich ihn einfach zu sehr. Was soll ich nur tun? Bin ich einfach unfähig, richtig und vollkommen zu lieben? Ich dachte bisher immer, es gäbe nur die eine große Liebe im Leben, dass jeder einen Seelenverwandten hätte, der irgendwo auf der Welt auf ihn wartet. Ich bin so verzweifelt und weiß nicht mehr ein, noch aus! Deshalb schlafe ich schlecht, ich fühle mich so unfähig und mies."

Rose ließ sich Zeit mit einer Antwort, Lilli tat ihr von Herzen leid. Dabei konnte sie die jungen Männer nur zu gut verstehen, dieses Mädchen hatte etwas Zerbrechliches an sich, dass in jedem Mann den Wunsch wecken musste, sie zu beschützen. Zudem war sie ausgesprochen hübsch und liebenswert. Kein Wunder, dass sich die Männer um sie rissen.

„Weißt du Lilli, es kann im Leben durchaus mehr als eine große Liebe geben und nicht jede große Liebe braucht auch ein Happy End. Ich fürchte, dass die Erwartungen, die heutzutage in den Menschen geweckt werden, nicht zu erfüllen sind. Ich habe lange Zeit mit Büchern gearbeitet und daher sehr viel gelesen. Auch Jugendliteratur, nicht das es keine spannende Lektüre gewesen wäre, doch die Liebesgeschichten in diesen Büchern halten kaum jemals, dem wahren Leben stand. Die Helden sind meist noch sehr jung und dennoch wissen sie ganz klar und zweifelsfrei, was sie zu tun, und wen sie zu lieben haben. In der Realität verhält es sich doch eher selten so klar und eindeutig. Und wissen wir, was aus Romeo und Julia geworden wäre, hätten sie nicht ihr berühmtes tragisches Ende gefunden. Ich möchte diese große Liebe keinesfalls schmälern, ich möchte nur sagen, dass, auch wenn es eine große Liebe ist, sie nicht unbedingt bis zum Tode gelebt werden muss. Wer kann schon darüber richten, was groß bedeutet und wer will darüber bestimmen, wie viele Menschen wir lieben dürfen. Gefühle sind nicht berechenbar, können nicht gewogen und bestellt werden, wohl können wir sie kontrollieren, aber sie ein- und auszuschalten vermögen wir nicht."

Lilli blickte abwesend in die Ferne. Vielleicht hatte sie gar nicht zugehört, doch eine einzelne Träne lief ihr die Wange hinunter. Sie weckte nicht nur in Männern das Bedürfnis, sie zu beschützen. Auch in Roses Brust regten sich zutiefst mütterliche Gefühle.

„Aber was soll ich denn nun tun?"

Das Mädchen wischte sich über die Augen und seufzte schwer.

„Du bist in einer wirklich schwierigen Situation, doch da du nun mal keinen Gefühlsschalter besitzt, den man bei Bedarf einfach umlegen kann, ist es wohl eine Frage der Entscheidung."

Lilli stieß einen verzweifelten Laut aus.

„Aber das habe ich doch schon versucht! Es geht einfach nicht!"

Rose sah auf das traurige Mädchen in ihrem Arm und überlegte. Was konnte sie tun und noch wichtiger war doch die Frage: Durfte sie überhaupt etwas tun? Wer gab ihr das Recht, sich hier als Lebensberaterin aufzuspielen, immerhin kannte sie Lilli doch so gut wie gar nicht. Was würde geschehen, wenn sie ihr den falschen Weg wies und dadurch am Ende alles noch schlimmer machte?

Lilli schien ihre Zweifel zu spüren, sie nahm Roses Hand und sah ihr fest in die Augen.

„Bitte Wandelröschen, hilf mir! Schlimmer kann es nicht mehr werden!"

Rose seufzte und holte tief Luft.

„Also gut! Wenn ich an deiner Stelle wäre, würde ich mir folgende Fragen stellen: Mit welchem Mann kannst du mehr lachen? Bei wem kannst du ganz du selbst sein, ohne dich anzupassen, und ich meine nicht die gesunden Kompromisse, die wir alle im Laufe unseres Lebens eingehen müssen. Sondern das Gefühl, so geliebt zu werden, wie du nun einmal bist, mit allen Ecken und Kanten, denn die erste Verliebtheit wird weichen und erst dann wird daraus Liebe erwachsen. Mit Vertrauen, Erkennen, Akzeptieren, Tolerieren und eben allem was das Leben ausmacht. Wer ist der Gefährte, der Vertraute, der auch die unschönen Seiten der Liebe erträgt? Der auch im Alltag, in der Routine die kleinen Gesten nicht vergessen wird, die eine Ehe tragen. Wen wünschst du dir an deine Seite, wenn du traurig bist oder Angst hast? Welchen Mann kannst du dir mit eurem Kind auf dem Arm vorstellen und wer würde dich trösten, wenn ihr keine Kinder bekommen solltet? Mit wem könntest du auf einer einsamen Insel stranden, ohne ihn schon nach den ersten drei Wochen mit Kokosnüssen erschlagen zu wollen? Wen hättest du dort gerne an deiner Seite?"

Lilli kicherte und schniefte leise.

„Trotzdem ist es nicht so einfach, denn auch wenn ich all diese Fragen für mich beantworten kann, so werde ich doch einem Menschen sehr weh tun müssen. Dieser Gedanke macht mich ganz krank!"

Rose drückte tröstend ihren Arm.

„Ja, du wirst jemandem sehr weh tun, doch auch diese Erfahrung gehört zum Leben. Auch wenn es Schmerzen bereitet, so wäre die Alternative gewesen, dich nicht zu kennen und zu lieben. Wäre sein Leben dadurch besser oder einfacher? Vielleicht im Augenblick, aber es wäre dann eben nicht sein Leben, es wäre ärmer, denn du wirst nun für immer Teil dieses Lebens bleiben. Mit der Zeit ein verblassender Teil, aber eben doch ein Steinchen im Mosaik des Lebens. Wir verletzen Menschen, immer und immer wieder, das ist ein Fluch, dem wir uns nicht entziehen können, doch wir können achtsam miteinander umgehen und unsere Fehler mit so viel Liebe und Respekt machen, wie nur irgend möglich. Solange Menschen miteinander leben, machen wir auch Fehler, ob wir es beabsichtigen oder nicht, aber Gott sei Dank sind die meisten Fehler eher klein und richten nicht allzu viel Schaden an. In deinem Fall, Lilli, kannst nur du entscheiden, höre auf dein Herz, aber bitte deinen Verstand, ihm etwas Beistand zu leisten.

So und nun muss ich mich dringend bewegen! Eine alte Frau, wie ich, wird furchtbar steif, wenn sie so lange herumsteht.“

Sie machten sich auf den Rückweg, der wieder schweigend verlief. Doch dieses Mal war es ein Schweigen, angefüllt mit Gedanken und Fragen, die eine Antwort suchten. Rose spürte, wie aufgewühlt die junge Frau an ihrer Seite war. Sie hoffte inständig, dass sie mit ihrer Einmischung keinen

Fehler begangen hatte. Nun war es ohnehin zu spät, sich darüber Gedanken zu machen.

Als sie zurückkamen, saß Sally gut gelaunt am Tisch und ließ sich gerade ein herzhaftes Frühstück schmecken.

„Ich hoffe, ihr erwartet jetzt nicht von mir, dass ich ein schlechtes Gewissen habe, nur weil ich nicht so eine Frischluftfanatikerin bin, wie ihr beide?"

Dabei grinste sie frech und schob sich einen großen Bissen Brot in den Mund.

Die Zeit bis zum Nachmittag verging wie im Fluge, Rose und Sally hatten sich scheinbar noch immer nicht alles erzählt und so fiel Lillis Schweigsamkeit nicht weiter auf.

Pünktlich, wie nicht anders zu erwarten, standen Tobias und Elisabeth genau um drei Uhr vor der Tür.

Die beiden wirkten ungewohnt verhalten, Rose hatte schon beinahe vergessen, wie es am Anfang ihrer Freundschaft gewesen war. Doch Sally begrüßte sie so herzlich und lobte Tobias für seinen Garteneinsatz so überschwänglich, dass bald alle Verlegenheit verflog. Während sie Kaffee tranken, bemerkte Rose, dass Elisabeth auffällig oft zu Lilli hinüberblickte. Dabei zuckte ihre Hand scheinbar unbewusst, immer wieder leicht in Richtung ihrer Handtasche, in der sich, wie Rose wusste, ihr Skizzenblock befand. Vielleicht wäre das eine gute Gelegenheit, weiter an ihrem Plan zu feilen.

Beiläufig erwähnte sie Elisabeths Talent und worum sie sie gebeten hatte. Wie zu erwarten gewesen war, bestürmte Sally sie gleich mit Fragen und ebenfalls wenig überraschend, wurde Elisabeth feuerrot und spielte ihre Begabung herunter. Auch Lilli schien zum ersten Mal aufrichtig an dem Gespräch interessiert zu sein. Rose ahnte die Gunst der Stunde und packte die Gelegenheit beim Schopf.

„Ich weiß, dass Elisabeth das Bild von Jette nur für mich macht. Es ist aber auch nicht annähernd so interessant, wie einen Menschen zu malen, nicht wahr? Nehmen wir zum Beispiel unsere bezaubernde Lilli hier, wäre sie nicht ein wunderbares Modell?"

Lili wand sich verlegen, doch Elisabeths Augen begannen zu strahlen. Sie nickte eifrig und in diesem Moment wirkte sie tatsächlich wie ein junges Mädchen.

„Oh ja, Lilli wäre großartig, diese Augen und dieses Haar. Schon als Bleistiftskizze wäre sie sicher wunderschön. Hättest du denn etwas dagegen, wenn ich eine kleine Zeichnung von dir machen würde?"

Elisabeths Blick war so hoffnungsvoll, dass wohl selbst ein hart gesottener Mensch, als die kleine Lilli, kaum hätte ablehnen können.

Und so verabschiedeten sich die beiden Frauen nach draußen, wo das Licht so viel besser war.

Rose sah Tobias an, der breit grinste.

„Mensch Wandelröschen, das hast du aber wieder prima eingefädelt. Hast du gesehen, wie Mama gestrahlt hat?"

Wie zwei Verschwörer blickten sich die beiden an und nickten wissend. Sally beobachtete die ganze Szene. Sie wusste von dem schweren Schicksal der beiden und sie war stolz auf ihre Mutter, dass sie ihnen so geholfen hatte. Wenn sie es nicht besser wüsste, hätte sie die Elisabeth von heute Nachmittag, nie mit der Frau aus Roses Erzählung in Verbindung gebracht. Sie konnte nur immer wieder staunend dem neuen Leben ihrer Mutter zusehen und sich freuen, wie alles gekommen war.

Als es draußen dunkelte, kam Lilli mit Elisabeth wieder herein. Das Mädchen wirkte gelöster als noch vor ein paar Stunden. Offensichtlich hatte ihr das Modellsitzen gutgetan. Wahrscheinlich hatten sie auch geredet und wenn Elisabeth von ihrem Leben erzählt hatte, kämen Lilli ihre eigenen Probleme vielleicht nicht mehr ganz so groß und unlösbar vor.

Es war schon spät in der Nacht, als Mutter und Sohn endlich aufbrachen, denn sie hatten noch zusammen zu Abend gegessen und anschließend Roses Brombeerlikör gut zugesprochen. Sie waren eine sehr fröhliche Runde gewesen und Rose kam sich ein bisschen vor, wie eine alte Glucke, die zärtlich und stolz ihre Küken betrachtete. Nach einem kurzen Gang mit Jette fiel sie erschöpft, aber glücklich in ihr Bett und wieder einmal dankte sie Gott, für ihr reiches Leben.

Der Sonntag begann ruhig, denn Rose trank allein ihren Morgenkaffee und als sie leise in Sallys Zimmer spähte, sah sie, dass die beiden noch friedlich schliefen. So machte sie sich allein auf, zu ihrem morgendlichen Spaziergang.

Als sie erfrischt und munter ihre Küche betrat, saßen die Mädchen noch in ihren Schlafanzügen am Tisch und schlürften ihren Kaffee. Der Anblick ließ Roses Herz vor Freude aufgehen, es war die selbstverständliche Vertrautheit, besonders von Lilli, die sie so glücklich machte.

Es war zu schade, dass das Wochenende schon wieder vorüber war, doch beim Abschied versprachen die beiden jungen Frauen, bald wiederzukommen. Als Lilli Rose ganz fest drückte, raunte sie ihr leise ins Ohr:

„Danke für alles! Danke, dass du nun auch ein bisschen mein Wandelröschen bist! Ich werde dir erzählen, wie ich mich entschieden habe!"

Unter Tränen und Winken, fuhr der Mini wieder davon und Rose blieb allein zurück. Für einen Augenblick spürte sie eine schmerzhafte Leere im Herzen, doch dann sah sie sich um und dachte daran, dass ja morgen Tobias wieder kommen würde. Dieser Gedanke tröstete sie und dankbar für die schönen Stunden, ging sie zurück ins Haus.

Einige Wochen hörte sie nichts mehr von Lilli und auch Sally erzählte nicht viel von ihr. Philip und sie hatten sich eine neue Wohnung gesucht und der Umzug hielt sie völlig in Atem. Der Winter stand vor der Tür, die Bäume waren kahl und die ersten Raunächte begannen. Als Rose eines kalten Novemberabends in ihr Emailpostfach sah, fand sie dort eine neue Mail vor und auch wenn sie von dieser Adresse noch nie zuvor eine Nachricht bekommen hatte, war ihr doch sofort klar, wem sie gehörte.

Von: Lilli@gmx.net
An: Wandelröschen@t-online.de

Betreff: *Keine Kokosnüsse!*

Liebes Wandelröschen,
auf einer Insel bin ich am liebsten mit mir allein!
(Jedenfalls in diesem Moment noch!)
Danke für Alles!
Deine Lilli

PS. Die Insel heißt übrigens Neuseeland☺*!*

Grüße aus der Winterwelt

Gleich nachdem sie Lillis Email gelesen hatte, setzte sie sich an ihren Computer und schrieb an Gundula. Es fühlte sich gut an, trotz der räumlichen Distanz, alles, was sie im Herzen bewegte, mit ihrer engsten Vertrauten teilen zu können. Außerdem bewirkte die Tatsache, dass Rose die Ereignisse, sowie ihre Gedanken und Gefühle für Gundula aufschrieb, dass sie die gelebten Stunden noch einmal und zugleich als Protagonist, wie auch als Erzähler erfuhr. Das verschaffte ihr gedanklich und emotional eine Klarheit, die andernfalls erst viel später eingetreten wäre. Rose hatte gleich nach Sallys Besuch an ihre Freundin geschrieben und ihr unter anderem auch von Lilli berichtet, so hielten sich die Freundinnen immer auf dem Laufenden.

Zuletzt waren die beiden Reisenden in Finnland gewesen und wollten demnächst Schweden von Norden nach Süden erkunden. Meist antwortete Gundula rasch auf Roses Mails und auch dieses Mal ließ die Antwort nicht lange auf sich warten.

Von: Gundi@Thormann.de
An: Wandelröschen@t-online.de

Betreff: *Welch ein Ende!*

Liebstes Wandelröschen,

was auch immer du der kleinen Lilli gesagt haben magst, es hat auf jeden Fall für gründliche Flurbereinigung gesorgt. Ich gebe zu, dass ich beim Lesen etwas hin- und hergerissen war, zwischen Mitleid mit den armen Kerlen und Bewunderung für Lillis konsequente Umsetzung ihrer Entscheidung. Sie war offensichtlich doch noch zu jung, um sich so endgültig zu binden. Wobei, so endgültig ist das heutzutage ja nun auch wieder nicht mehr!

Meine allererste Reaktion war allerdings, das muss ich gestehen, ein herzhafter Lachanfall und dann dachte ich: „Tja, da ist dann wohl geteiltes Leid, doppeltes Leid. Immerhin heulen ja nun gleich zwei den Mond an und können sich gegenseitig trösten."

Ein bisschen gemein, ich weiß!

Wir sind heute Nacht in einer kleinen Pension, denn hier liegt schon dick Schnee und im Schneckenhaus ist es einfach zu kalt.

Diese Gegend Nordfinnlands, gehört zu Lappland. In den dichten Fichtenwäldern gibt es noch immer die Samen, das ist ein eigenes Nomadenvolk, das in ganz Lappland mit seinen Rentierherden umherzieht. Hier kann man auf ihren Rentierschlitten durch die schneebedeckte Taiga fahren. Wir haben das gestern gemacht und ich kann gar nicht beschreiben, wie sich das anfühlt. Mir kam es fast so vor, als müsste jeden Moment der Weihnachtsmann mit seinem Rentierschlitten zwischen den Fichten hervor gefahren kommen. So ein Zauber liegt über dieser einsamen Gegend. Bertholds Kommentar zu meinem Fantsieübersprung:

„Na, da brauche ich mich ja nicht mehr zu wundern, warum wir Jona bis zur Pubertät in dem Glauben an den Weihnachtsmann lassen mussten." Darauf ich:

„Es gibt nun mal Dinge zwischen Himmel und Erde, die wir uns nicht erklären können."

Darauf Berthold:

„Soll das heißen, du glaubst selber noch an den Weihnachtsmann?"

Also ehrlich, das ist absolut typisch für meinen Mann, den Logiker! Er übertreibt wieder mal völlig, Jona war elf und wir mussten ihm auch gar nichts erklären, weil er nämlich allein drauf gekommen ist. Jedenfalls befinden wir uns mitten in einem Wintermärchen! Aber auf Schweden freue ich mich auch schon sehr! Im Übrigen schlägt mir die Kälte langsam auf die Knochen, solche Winter sind wir ja zu Hause gar nicht mehr gewohnt. Also die nächste Reise machen wir in der Sommerzeit, allerdings sagt Berthold, für die nächste Reise muss ich mich erst scheiden lassen☺! Kommt Zeit, kommt Rat!

So und jetzt muss ich leider in diesen vermaledeiten Schwitzkasten! Die sind hier ja alle wie irre mit ihren Saunen, ein bisschen kann ich das bei der Kälte ja verstehen, aber ich fühle mich in den Dingern immer wie eine Bratente kurz vorm Garpunkt. Letztes Mal konnte ich schon fast den Rotkohl riechen!

Aber Berthold zu Liebe leide ich eben heiß und knusprig!

Ich wünsche dir eine schöne Restherbstzeit!

Ich umarme dich soooooo... fest!

Bleib behütet!
Deine (noch kalte-bald brutzelnde) Gundi

Jetzt dauerte es nicht mehr lange, bis ihre liebsten Freunde wieder in ihrer Nähe wären. Von Schweden ging es über Dänemark zurück nach Deutschland und damit endete dann diese viermonatige Reise. Spätestens Ende November wollten sie wieder zu Hause sein.

Rose war schon sehr gespannt, ob Gundula damit genug von der Welt gesehen hatte und falls nicht, ob Berthold sich noch einmal in die Fremde zerren lassen würde. Sie hegte da doch einige Zweifel, was sowohl das Eine, als auch das Andere anging. Doch man würde sehen, wie hatte Gundula so schön geschrieben? Kommt Zeit, kommt Rat!

Ein beseeltes Geschenk

Auch wenn der Winter hier offiziell erst in ein paar Wochen beginnen würde, so wusste das Wetter anscheinend nichts davon, denn draußen war es bereits ausgesprochen kalt und winterlich. Bei ihren Spaziergängen musste sich Rose ganz dick anziehen, um nicht zu frieren.

Eben erst hatte der November begonnen, doch der Garten lag scheinbar schon in tiefem Schlaf und nur die Eichen hatten noch Blätter an den Zweigen. Trotzdem kam Tobias regelmäßig zu Rose, wenn auch nicht mehr jeden Tag, doch das wertete sie als gutes Zeichen. Oft übten sie für die Schule, was sich an den Noten des Jungen schon sehr bemerkbar gemacht hatte, manchmal saßen sie aber auch nur zusammen, spielten Karten oder redeten.

Die gemeinsamen Sonntage waren so etwas wie Tradition geworden und Rose freute sich immer sehr darauf. Es waren nur noch knapp vier Wochen bis zum ersten Advent und Rose konnte es schon gar nicht mehr erwarten, ihr kleines Häuschen weihnachtlich zu schmücken. Schon früher in ihrer Wohnung, hatte sie immer alles geschmückt und dekoriert, doch nun konnte sie sich endlich auch draußen ausleben. Sie hatte mit Tobias Hilfe Sterne aus Sperrholz gesägt und sie weiß angestrichen, die wollten sie in den Nussbaum hängen. Roses Vorfreude hatte auch Tobias angesteckt und als er am Sonntag mit seiner Mutter das Haus betrat, holte er als Erstes die Kiste mit den selbst gemachten Sternen hervor und zeigte sie ihr stolz. Elisabeth lobte ausgiebig ihre Arbeit und nach dem Essen, ging sie kurz hinaus zum Auto, um etwas zu holen.

Tobi half in der Zwischenzeit Rose beim Aufräumen, danach wollten sie zusammen spielen, auch das hatte sich so eingebürgert, seit es zu kalt geworden war, draußen zu sitzen.

Als Elisabeth wieder hereinkam, hielt sie etwas sehr großes Eckiges in den Händen, das mit einem Laken zugedeckt war. Rose trocknete sich die Hände ab und trat dann neugierig näher. Elisabeth räusperte sich, sie schien ein wenig nervös zu sein.

„Auch wenn es nicht mehr lange dauert bis Weihnachten, sollst du dieses Geschenk schon heute bekommen, liebstes Wandelröschen, denn es ist kein Weihnachtsgeschenk. Es ist ein riesengroßes Dankeschön für all das, was du für Tobias und mich getan hast! Dass du in dieses Häuschen gezogen bist, war kein Zufall, es war Schicksal, du würdest es Gottes Fügung nennen, doch wie auch immer, es war ein Geschenk für uns! Wir sind unendlich dankbar, dich in unserem Leben zu haben! Du hast dir vor ein paar Wochen etwas von mir gewünscht, von dem du wusstest, wie schwer es für mich werden würde. Aber ich glaube, du wusstest auch, dass es mich befreien und mir wieder neuen Mut geben könnte und genau das ist geschehen.

Ich hatte völlig vergessen, was das Malen für mich bedeutet, welch ein wichtiger Teil es von mir war und immer noch ist. Ich hoffe, es ist so, wie du es dir vorgestellt hast! Ich habe es mit all der dankbaren Liebe gemalt, die ich für dich empfinde!"

Mit diesen Worten zog sie das Laken weg und hielt Rose das Bild entgegen, damit diese es betrachten konnte. Wortlos starrte sie auf das Gemälde, langsam zog sie sich einen Stuhl heran und ließ sich darauf sinken. Die Minuten verstrichen, ohne das auch nur ein Wort fiel, bis Elisabeth langsam unruhig zu werden begann. Ganz leise fragte sie:

„Gefällt es dir?"

Rose schien wie aus einer Trance zu erwachen und blickte benommen hoch.

„Gefallen? Elisabeth, ich dachte mir ja, dass du begabt bist, aber dieses Bild ist ein Wunder für mich!"

Ihr Blick glitt wieder zurück, wo er den Jettes traf. Ihre geliebte Hündin sah ihr genau so entgegen, wie bei ihrer allerersten Begegnung. Elisabeth hatte sie nicht nur absolut naturgetreu gemalt, sie hatte Jettes Seele eingefangen. Ihre Augen wirkten so lebendig und tief, das Fell schimmerte im Licht der Lampe weich und samtig, sodass man es sofort berühren wollte und Rose wäre in diesem Moment nicht überrascht gewesen, wenn die Hündin aus dem Bild, wie durch eine Tür, herausgetreten wäre. Sie spürte, wie ihr eine Träne übers Gesicht lief, doch sie wischte sie nicht weg. Langsam stand sie auf und kam auf Elisabeth zu. Diese lehnte das Gemälde gegen den Tisch und dann fielen sich die beiden Frauen in die Arme. Sie weinten und lachten gleichzeitig und nach einer Weile lösten sie sich voneinander und sahen sich an. Rose fand als Erste die Stimme wieder.

„Ich danke dir von ganzem Herzen! Das ist das schönste Geschenk, das ich je bekommen habe! Es ist dir gelungen, Jettes Seelenblick einzufangen, so nenne ich ihn seit damals und genau deswegen habe ich sie vom ersten Moment an geliebt. Du bist wahrhaftig eine große Künstlerin!"

Elisabeth winkte bescheiden ab, doch sie sagte nichts.

„Hast du das Bild von Lilli auch schon gemalt?"

Es war Tobias, der darauf antwortete.

„Ja klar, hat sie! Es ist sogar im Auto, wir haben die Bilder doch gestern zusammen vom Rahmen abgeholt. Soll ich es schnell holen?"

Ehe seine Mutter etwas erwidern konnte, nickte Rose schon begeistert.

„Ja bitte, unbedingt! Ich sterbe vor Neugierde!"

Rose starrte Lilli an, die ihr geheimnisvoll entgegenblickte. Mehr denn je, wirkte sie wie eine Figur aus dem Märchen, mit ihrem elfenhaften Aussehen. Das Erstaunlichste aber war, dass es Elisabeth gelungen war, die Melancholie in Lillis Augen, mit dem fröhlichen Mädchen zu vereinen, dass ihr aus Neuseeland geschrieben hatte. Fast so, als hätte sie beim Malen bereits einen Blick in Lillis Zukunft geworfen und diese mit der Gegenwart vereint. Beide Bilder waren Kunstwerke und Rose dachte froh und auch ein wenig selbstgefällig, dass es genau der richtige Weg gewesen war, den sie sich für Elisabeth erhofft hatte.

„Darf ich auch Lillis Bild hierbehalten? Nicht für immer natürlich, ich würde es nur so gerne noch eine Weile betrachten."

Erfreut über Roses offensichtliche Begeisterung, willigte Elisabeth sofort ein. Während der nächsten Stunden, in denen sie gemeinsam spielten, wanderte Roses Blick immer wieder zurück zu den Bildern, die neben einander an der Wand lehnten. Sie konnte es kaum noch erwarten, bis endlich der nächste Tag anbrechen würde.

Der Plan geht auf

Da sie schon vor sechs Uhr erwachte, musste Rose noch viele Stunden totschlagen, bevor sie endlich zum Telefon greifen konnte. Schließlich wählte sie die Nummer, die ihr Gundula in einer Email vor vielen Wochen mitgeschickt hatte.

„Galerie Farbenwunder, Sybille Mainhard am Apparat"

„Guten Tag Frau Mainhard, mein Name ist Rose Wandel und ich bin eine Freundin von Dr. Berthold Thormann, der mir auch ihre Nummer gegeben hat. Ich habe hier zwei Bilder von einer Künstlerin, die ich ihnen gerne einmal zeigen würde. Es wäre mir wirklich eine Herzensangelegenheit, dass sie sich die Bilder einmal ansehen! Wäre es möglich, heute noch bei ihnen vorbeizukommen?"

Mit Bangen erwartet Rose die Antwort.

„Selbstverständlich sehe ich mir die Bilder an, könnten sie bis vierzehn Uhr hier sein? Da habe ich schon einen anderen Termin."

„Aber natürlich, vielen Dank! Ich bin in spätestens einer Stunde bei ihnen. Auf Wiedersehen!"

Tatsächlich schaffte sie es, innerhalb von achtundzwanzig Minuten, die Galerie zu erreichen, die Ungeduld trieb sie voran. Sie betrat den großen, weiß gestrichenen Raum und sah sich um. Eine komplette Front war verglast und zwischen ihr und der nächsten Wand standen mehrere, ebenfalls weiß getünchte, Pfeiler. Dadurch wurde

166

der kühlen Eleganz etwas von ihrer Strenge genommen, zumal an einigen Wänden sehr farbenfrohe Gemälde hingen. Eine große schlanke Frau kam Rose entgegen. Sie trug ein Kleid, das gerade durch seine Schlichtheit, teuer wirkte. Sie war vermutlich nur ein paar Jahre jünger, als sie selbst und als sie lächelte, erstrahlte ihr ganzes Gesicht voll Wärme. Das hätte Rose von einer erfolgreichen Galeristin nicht unbedingt erwartet, doch es nahm ihr etwas von der Anspannung.

Sie hatte das Bild von Jette mit hereingebracht und stand nun wartend gleich beim Eingang. Sybille Mainhard kam ihr mit ausgestreckter Hand entgegen, die Rose gerne ergriff.

„Danke, dass sie sich gleich Zeit für mich genommen haben, Frau Mainhard!"

Noch immer lächelnd winkte die Galeristin ab.

„Bitte, Sybille genügt, immerhin haben wir ja gemeinsame Freunde. Aber bitte, zeigen sie mir doch, was sie da haben!"

Rose zog das Laken weg und drehte das Bild so, dass Sybille es betrachten konnte. Ganz genau beobachtete sie deren Reaktion und sah hocherfreut, die gleiche Begeisterung in ihren Augen, die sie selbst empfunden hatte. Zumal sich die Begeisterung der Fachfrau ausschließlich auf die Malerin bezog und nicht auf das Modell, wie es bei Rose noch zusätzlich der Fall gewesen war.

Schweigend wartete sie ab, bis die erste Beurteilung abgeschlossen war.

„Wer hat das gemalt? Ich würde mich daran erinnern, hätte ich von diesem Maler vorher schon etwas gesehen!"

Rose fühlte, wie ihr die Brust vor Stolz anschwoll.

„Das Bild hat eine gute Freundin von mir gemalt. Sie hat angefangen Kunst zu studieren und sollte sogar schon damals ihre eigene Ausstellung bekommen. Doch dann ist sie schwanger geworden und musste mit einigen Schicksalsschlägen fertig werden. Nun hat sie wieder angefangen zu malen, dieses Bild hat sie mir geschenkt, denn es zeigt meine Hündin. Ich habe im Auto noch das Porträt einer jungen Frau. Soll ich es holen?"

Sybille nickte begeistert.

„Unbedingt! Ich will alles sehen, was sie gemacht hat!"

„Ich fürchte, mehr als diese beiden Bilder gibt es im Augenblicke noch nicht. Wie gesagt, hat sie eben erst wieder mit dem Malen begonnen. Ich finde die Bilder fantastisch, doch ich wollte gerne eine professionelle Meinung dazu hören. Ich gehe jetzt erst mal das Zweite holen."

Lillis Bildnis begeisterte die Galeristin noch mehr.

„Ich möchte die Bilder kaufen! Können sie mir sagen, wo ich die Malerin finden kann?"

„Das ist nicht ganz das, was ich wollte! Mein Bild will ich für kein Geld der Welt verkaufen und über Lillis Bild kann ich nicht verfügen, aber wäre es möglich, mit Elisabeths Bildern eine Ausstellung zu machen? Glauben sie, dass sie mit ihrer Malerei Erfolg haben könnte?"

Sybille nickte voller Enthusiasmus.

„Ich leite diese Galerie hier seit über zwanzig Jahren und wenn ich so unbescheiden sein darf, auch noch sehr erfolgreich. Ich weiß, was meine Kunden mögen und ihre Elisabeth werden sie lieben. Mit zwei Bildern kann ich keine Ausstellung bestreiten. Ich brauche wenigstens acht bis zehn Bilder. Bis wann könnte sie die liefern? Sagen sie mir Bescheid, dann fange ich sofort mit der Organisation an."

Beschwichtigend hob Rose die Hände.

„Elisabeth weiß nicht, dass ich hier bin. Sie hat viel durchgemacht und ich wollte ihr eine weitere Enttäuschung ersparen, darum habe ich nichts gesagt. Ich rede mit ihr und melde mich dann wieder umgehend bei ihnen. Ach ja, ein Problem gibt es noch. Sie arbeitet in einer Bäckerei, sie muss ja für sich und ihren Sohn Geld verdienen, daher hat sie natürlich wenig Zeit. Sollte sie mit der Ausstellung einverstanden sein, muss sie ja weitere Bilder malen, gibt es eine Möglichkeit, vielleicht schon ein Bild vorzufinanzieren, damit sie nicht so unter Druck steht? Vielleicht könnte sie dann weniger Stunden in der Bäckerei arbeiten."

Sybille lächelte verständnisvoll.

„Wenn ihr nächstes Bild genauso gut ist, wie diese hier, kaufe ich ihr garantiert ein bis zwei Bilder sofort ab, die dann trotzdem in die Ausstellung kommen. Sagen wir für den Anfang fünftausend pro Bild, wenn sie sich erst einen Namen gemacht hat, wird der Wert leicht um das Doppelte und mehr steigen."

Rose schnappte nach Luft. Lieber Himmel, da hatte sie neben der Schönheit des Bildes auch noch eine Wertanlage geschenkt bekommen. Wenn sie das Elisabeth erzählen würde.

Wie zu erwarten, fiel diese aus allen Wolken, als sie von den neusten Entwicklungen hörte.

„Fünftausend Euro? Für ein Bild von mir? Das kann doch gar nicht wahr sein! Dafür muss ich drei Monate in der Bäckerei arbeiten."

Rose war gleich nach ihrem Stadtausflug zu ihr gefahren, um alles zu erzählen, und nun stand sie vor einer völlig überwältigten Elisabeth. Tobias kam gerade von der Schule und als er seine Mutter so geschockt erblickte, flackerte Angst in seinem Blick auf. Rose sah es und beeilte sich, ihn aufzuklären. Mit weit aufgerissenen Augen starrte er erst sie und dann seine Mutter an.

„Mama, ist das wahr? So viel Geld? Das ist ja abgefahren!"

Rose hatte zur Feier des Tages eine Flasche teuren Sekt gekauft und fand, dass dies genau der richtige Zeitpunkt war, um ihn zu öffnen. Das Knallen des Korkens, der hoch in die Luft flog, schien Elisabeth wieder in die Realität zu holen.

„Das ist zu schön, um wahr zu sein! Aber was ist, wenn ich zusage und dann gar nichts mehr zustande bringe?"

Rose hatte solche Befürchtungen erwartet. Darum blieb sie ganz gelassen.

„Ich würde vorschlagen, du fängst so schnell wie möglich mit einem neuen Bild an, dass wir Sybille Mainhard zeigen können. Sollte sie es gut finden, kannst du es an sie verkaufen, ohne damit ein Risiko einzugehen. Das Geld kannst du ja erst mal zur Seite legen. Wenn es dann weiter gut läuft, redest du mit deinem Chef, ob du erst mal mit den Stunden runtergehen kannst, so hast du mehr Zeit zum Malen, aber dennoch die Sicherheit einer festen Anstellung. Deine erste Ausstellung hat jetzt so lange auf sich warten lassen, da kommt es auf ein paar Monate mehr oder weniger auch nicht an. Wenn alles vorbei ist, kannst du dir immer noch Gedanken, über deinen weiteren Weg machen."

Nach kurzem Zögern erhellte ein Lächeln Elisabeths Gesicht.

„Das ist ein wirklich guter Plan, Wandelröschen! Wann bist du nur auf den Gedanken gekommen, meine Bilder zu dieser Galeristin zu bringen? Ich habe sie dir doch erst gestern gezeigt?"

Rose goss Sekt in die Gläser, die Tobias ihr gereicht hatte und verteilte sie.

„Ich habe Sybilles Nummer schon seit Monaten. Ich habe immer gehofft, dass du wieder anfangen würdest, zu malen. Jemand, der Malerei studiert und dem offensichtlich einmal so viel daran gelegen war, musste einfach über Talent verfügen. Wenn deine Bilder nicht gut angekommen wären, hättest du es ja nie erfahren. So und jetzt stoßen

171

wir an, auf eine große Künstlerin und ihre glorreiche Zukunft!"

Auch Elisabeth hob ihr Glas.

„Und auf ihre Freundin, ohne die sie nie wieder einen Pinsel in die Hand genommen hätte. Und auf ihren Sohn, der endlich seine Mutter mit all ihren Facetten kennenlernen soll! Auf uns!"

Tobias trank einen winzigen Schluck Sekt mit Orangensaft, aber die beiden Frauen leerten die Flasche bis zum letzten Tropfen. Daher musste Rose ihr Auto stehen lassen und machte sich zu Fuß auf den Weg. Jette würde sie schon sehnsüchtig erwarten. Schade war nur, dass sie ihr Bild nicht mitnehmen konnte, aber das würde sie gleich morgen, samt Auto, abholen und dann bekam es einen Ehrenplatz in ihrem Haus. Sie genoss die klare Luft und das leicht beschwipste Gefühl. Vor allem aber durchströmte sie ein unbändiges Glücksgefühl, als sie die Ereignisse der letzten Monate noch einmal Revue passieren ließ. Endlich hatte sie etwas von dem zurückgeben können, was ihr selbst geschenkt worden war. Ohne Gundula, hätte sie niemals den Mut aufgebracht, noch einmal neu anzufangen und nun hatte sie ihrerseits einer Freundin einen Schubs in die richtige Richtung gegeben. Sie war so dankbar für alles und Rose erfasste ein Gefühl, als müsste sie vor Glück überfließen, weil ihr Herz nicht alles auf einmal zu fassen vermochte. Von diesem Überfluss würde sie noch lange zehren können.

Verbunden mit der ganzen Welt

Die Tage waren kurz und kalt, sodass sich Rose nur während ihrer Spaziergänge im Freien aufhielt, zumal es auch Jette vor dem warmen Ofen besser zu gefallen schien. Nachdem sie monatelang viele Stunden draußen beschäftigt gewesen war, erschienen ihr nun die Tage etwas unausgefüllt und so kam es, dass es sie mehr an ihren Computer zog. Auf diese Weise konnte sie mit den Menschen in Verbindung treten, die weit von ihr entfernt weilten und im Übrigen gefiel es ihr sehr, diese modernen Briefe zu schreiben, denn was anderes waren Emails ihrer Meinung nach ja nicht.

Von: Wandelröschen@t-online.de
An: Gundi@Thormann.de

Betreff: *Noch eine Woche...*

Liebste Freundin,
wenn alles nach Plan läuft, seid ihr in sieben Tagen wieder zurück. Ich kann dir gar nicht sagen, wie sehr ich mich darauf freue!
Auch wenn wir uns auf dem Laufenden gehalten haben, so gibt es doch noch immer so unendlich viel zu erzählen und zu zeigen. Sollte ich mir nicht eine ganze Woche Zeit nehmen, um mir all eure Fotos anzusehen? Reicht die Woche noch immer oder muss ich gar Weihnachten mit einplanen? Apropos Weihnachten: Habt ihr euch schon Gedanken

darüber gemacht? Immerhin weißt du ja nun ganz genau, wo der Weihnachtsmann wohnt☺! Hat Sally dir geschrieben, dass sie nun endlich mit der Wohnung fertig sind? Zur Belohnung wollen sie über die Feiertage verreisen. Ich freue mich für sie, doch mein Herz trauert, irgendwie ist Weihnachten ohne die Familie, gar kein richtiges Weihnachten. Doch es ist nun mal, wie es ist, die Kinder sind groß und gehen ihre eigenen Wege. Ich will mich nicht beklagen, mein Leben ist erfüllt und wunderbar, so wie es ist. Elisabeth ist fleißig am Malen, sie ist förmlich aufgeblüht und wunderhübsch dabei. Es würde mich gar nicht wundern, wenn Tobi bald einen Stiefvater bekäme. Allerdings fürchte ich, hat seine Mutter dafür gar keinen Sinn, sie lebt völlig in ihrer Arbeit und sie ist wirklich unglaublich talentiert. Sie hat mit Sybille vereinbart, die Ausstellung im späten Frühling zu veranstalten. Sie geht davon aus, bis dahin genügend Bilder fertig zu haben. Tobias verbringt viel Zeit bei mir, ich denke, er sieht in mir die Großmutter, die er nie hatte. Mich freut das von Herzen und ich könnte einen eigenen Enkel kaum mehr lieben, als diesen wunderbaren Jungen. Von Lilli habe ich nichts mehr gehört, doch ich mache mir keine Sorgen mehr um sie, sie wird ihren Weg schon finden. Manchmal wenn ich in meinem Garten sitze oder mit Jette spazieren gehe, überkommt mich ein grenzenloses Staunen. Dieses Leben hier hätte ich niemals für möglich gehalten. Die Menschen, denen meine Worte, denen ich etwas bedeute, erfüllen mich mit einer so tiefen

Dankbarkeit. Diese Dankbarkeit ist es auch, die mich über die Wellen der alten Furcht hinweg trägt, die in mancher Nacht noch über mir hereinzubrechen drohen. Wenn alles still ist und das Echo der Einsamkeit an mein Herz klopft, die bekannten Zweifel wieder von mir Besitz ergreifen wollen. Ja, auch diese Momente gibt es noch immer, doch dann strecke ich meine Hand aus und berühre den warmen Körper meiner wunderbaren Jette. Und ich denke an dich, der ich diesen Reichtum hauptsächlich zu verdanken habe. Wenn du nicht an mich geglaubt hättest, wäre ich niemals mutig genug gewesen, noch einmal neu anzufangen. Dein Vertrauen in mich hat mir die Kraft gegeben, wieder aufzustehen. Dieses Vertrauen begleitet mich noch immer und hilft mir im Dunkel der Nacht, auf den hellen Morgen zu warten. Dafür danke ich dir aus tiefstem Herzen! Gott hat es gut gemacht, als er uns damals zusammengeführt hat. Dafür danke ich ihm jeden Tag. Für dich und für mein ganzes Leben.
Ich wünsche euch noch ein paar unvergessliche Tage auf eurer großen Reise! Fahrt mit Gott, aber fahrt! Bleibt behütet!

In großer Vorfreude auf ein baldiges Wiedersehen und mit einer innigen Umarmung,

dein Wandelröschen

Rose zählte die Tage, bis zur Rückkehr ihrer Freunde und sie freute sich so sehr auf den Advent, dass sie voller Ungeduld auf dessen Anfang wartete. Dass Sally Weihnachten voraussichtlich nicht bei ihr verbringen würde, stimmte sie traurig, doch sie wollte Elisabeth und Tobias zu sich einladen und vielleicht noch ein paar Gäste mehr.

Als hätte Lilli über die ganze Welt hinweg gespürt, dass Rose gerade von ihr geschrieben hatte, fand sie am nächsten Tag eine Email von ihr vor.

Von: Lilli@gmx.net
An: Wandelröschen@t-online.de

Betreff: *Am anderen Ende der Welt*

Liebes Wandelröschen
Ich bin noch immer in Neuseeland, es ist so unglaublich schön hier, dass man es fast nicht glauben kann. Hast du je die „Der Herr der Ringe"-Filme gesehen? Falls ja, genau so sieht es hier aus und genau so fühlt es sich an. Ich war in dem Dorf „Hobbingen", das sie für den Dreh des „Hobbit" noch einmal aufgebaut haben und dieses Mal ist es genau so erhalten geblieben. Jedes Jahr pilgern unzählige Fans dort hin und lassen sich von der Atmosphäre bezaubern. Ich war auch hin und weg, denn ich liebe Tolkiens Geschichten. Besonders seine Sprache und die detaillierten Beschreibungen der Mittelerdebewohner. Dies alles hier mit eigenen Augen zu sehen, kommt mir wie ein Wunder vor! Noch vor wenigen Wochen saß ich neben Sally am Schreibtisch und fragte mich, ob ich heiraten sollte

und nun bin ich am anderen Ende der Welt. Wusstest du, dass man nicht noch weiter fortkann, als bis hierher? Denn wenn man noch weiter geht, befindet man sich schon wieder auf dem Rückweg. Das hat mir eine Autorin aus der Schweiz erzählt, die lange hier gelebt hat. Für mich war es jedenfalls die beste Entscheidung, die ich je getroffen habe! Das habe ich zum größten Teil dir zu verdanken, denn ohne dich hätte ich nicht so schnell begriffen, dass ich mich auf dem falschen Weg befand, vielleicht hätte ich sogar einen noch schwerwiegenderen Fehler gemacht und Mischa geheiratet. Ich glaube nicht, dass wir glücklich geworden wären! Jetzt bin ich aber beinahe vom Thema abgekommen, denn eigentlich möchte ich dich etwas fragen. Aber dazu muss ich wohl erst mal von vorne erzählen.

Also, ich habe hier vor ein paar Tagen eine junge Frau getroffen, mit der ich nun gemeinsam reise. Wir verstehen uns großartig und zu zweit macht es eben einfach noch mehr Spaß. Sie heißt Joke van der Wynden und kommt aus Holland. Joke ist achtundzwanzig und hat gerade ihr Studium als Grafikdesignerin abgeschlossen. Eigentlich wollte sie gleich in einer Agentur anfangen, doch dann ist ihr etwas passiert, von dem sie erst mal Abstand brauchte.

Kommt dir das bekannt vor? Ja? Na mir auch!

Doch bei Joke liegen die Dinge anders, denn im Gegensatz zu mir, ist sie sich sehr sicher, dass sie den Mann liebt. Damit hört die Sicherheit dann aber auch schon auf, denn sie kennt „ihren" Hamid erst seit zwei Monaten und dank ihres Freundeskreises und ihrer Familie, ist sie nun völlig verunsichert. Ich habe ihr natürlich bald meine Geschichte erzählt und dabei auch von dir berichtet. Dass ich ohne dich vermutlich immer noch herum eiern würde und dass ich mich bei dir total verstanden und ernst genommen gefühlt habe. Da meinte Joke ganz traurig: „Ach, wenn ich doch auch so ein Wandelröschen hätte!"

Dabei klingt sie ganz süß, weil sie so einen zauberhaften Akzent hat. Jedenfalls habe ich dann gesagt, dass du mir ja schließlich nicht gehörst. Also Lilli, komm zum Punkt!!!

Liebes Wandelröschen, dürfte dir die arme Joke vielleicht schreiben, damit du dir ihre Geschichte auch einmal anhörst? Sie weiß sich keinen Rat mehr und ich glaube ganz fest, dass, wenn jemandem etwas Gescheites dazu einfallen wird, dass nur du sein kannst! Danke schon mal fürs Lesen!

Ich grüße dich ganz lieb vom anderen Ende der Welt!
Deine Lilli

Erfreut, aber auch etwas verdutzt, hatte Rose Lillis Mail gelesen. Sie freute sich von Herzen, dass es ihr so gut ging und sie nun so sicher ihrem Weg folgte. Allerdings fürchtete sie, dass Lilli ihre Ratgeberqualitäten doch bei Weitem überschätzte.

Sie hatte sich die Probleme der jungen Frau angehört und ganz intuitiv reagiert. Alles, was sie gesagt hatte, wurde aus ihren eigenen Erfahrungen und aus ihrem Gefühl gespeist. Und schon bei Lilli war sich Rose keineswegs sicher gewesen, ob sie richtig gehandelt hatte. Einem wildfremden Menschen, der zudem noch am ganz anderen Ende der Welt weilte, Ratschläge zu erteilen, erschien ihr doch sehr fragwürdig. Lilli schien sie ja über den grünen Klee gelobt zu haben und schoss damit meilenweit an der Realität vorbei. Andererseits Lilli jetzt zu enttäuschen, brachte Rose auch nicht übers Herz und so blieb sie an ihrem Sekretär sitzen und überlegte, was sie schreiben sollte.

Von: Wandelröschen@t-online.de
An: Lilli@gmx.net

Betreff: *Zuviel der Ehre*

Meine liebe kleine Lilli,
zunächst möchte ich dir sagen, wie sehr es mich freut, dass es dir offensichtlich so gut geht! Aber ich fürchte, dass du mir zu viel Ehre erweist, denn es war doch schlussendlich deine eigene Entscheidung, die dich dorthin geführt hat, wo du nun bist. Ich habe dir lediglich den letzten winzigen Schubs gegeben, den es noch brauchte. Ich würde deiner Freundin gerne helfen, doch ich weiß offen gestanden nicht, wie ich das bewerkstelligen sollte. Ich kenne weder deine Joke, noch die Umstände, die zu ihrer problematischen Situation geführt haben. Wenn es dir oder ihr hilft, bin ich aber gerne bereit, mir ihre Geschichte anzuhören bzw. sie zu lesen. Ich möchte

nur verhindern, dass ihr allzu große Hoffnungen in mich setzt. So viel dazu von meiner Seite, nun harre ich gespannt der Dinge, die da kommen.

Sei ganz lieb gegrüßt und bleibe behütet!

Dein Wandelröschen

PS. Grüße deine Joke ganz herzlich von mir und lasse sie wissen, dass sie in meinem Postfach jederzeit willkommen ist!

Rose drückte auf Senden und fuhr dann schnell den Computer herunter. Sie wollte schließlich nicht den ganzen Tag vor diesem Ding hocken. Sie verbrachte einen ruhigen Tag, am Nachmittag hatte sie zwei Stunden mit Tobias geübt, er würde morgen eine Arbeit schreiben. Als er sich verabschiedete, waren sie beide guter Dinge, ihr Schüler war aufs Beste vorbereitet. Nach ihrem abendlichen Spaziergang mit Jette kochte sich Rose einen Pfefferminztee und ließ sich wieder vor ihrem Laptop nieder. In ihrem Postfach fand sie gleich drei neue Emails vor, du liebe Güte, das nahm hier ja langsam Ausmaße an, mit denen sie nie und nimmer gerechnet hatte.

Die erste Nachricht stammte von ihrer lieben Reisenden Gundula. Vorfreudig öffnete sie die Mail und begann zu lesen.

Von: Gundi@Thormann.de
An: Wandelröschen@t-online.de

Betreff: *Noch sechs Tage...*

Liebstes Wandelröschen,
wir sind noch in Schweden, genauer gesagt in Småland! Kommt dir das bekannt vor?
„Ding-Dong, die kleine Salome möchte aus dem Småland abgeholt werden!" Hi, Hi! Ikea lässt grüßen! Aber inzwischen weiß ich auch, woher die Möbel dort ihre Bezeichnungen haben, hier klingen nämlich tatsächlich die meisten Namen, wie die Sofas bei Ikea, Växjö, Jönköping oder Nässjö und Unterhaltungen hören sich genau so an, als würde man nach einem ausgiebigen Ikea-Einkaufsmarathon den Kassenbon vorlesen. Auch wenn ich kein einziges Wort verstehe, finde ich es einfach großartig hier!!!
Das echte Småland ist übrigens eine Region in Südschweden und wie du ja bestimmt längst weißt, vor allem berühmt durch Astrid Lindgren. In ihrem Heimatort, Vimmerby, hat man ihr mit den Figuren aus ihren Büchern ein Denkmal gesetzt. Es ist hier aber auch genau so, wie man es aus ihren Geschichten kennt. Die weiten Wälder aus Ronja Räubertochter, die gemütlichen roten Häuser und sanften Seenlandschaften aus Michel und die zauberhaften Städtchen aus Pippi Langstrumpf. Übrigens stammt Ingvar Kamprad, der Gründer von Ikea auch aus Småland. Wie du siehst, lernen wir

hier sogar noch etwas über Literatur und Geschichte. Du würdest es hier liiieeeben!!! Da bin ich sicher, ich weiß doch, wie sehr du die Bücher von Astrid Lindgren liebst. Jona erzählt heute noch manchmal, von euren stundenlangen Vorleseabenteuerreisen im Kopf, so hast du es immer genannt, weißt du noch?

Eigentlich wollte ich dir aus Vimmerby ein Buch von deiner Lieblingsgeschichte „Ronja Räubertochter" mitbringen, aber Berthold brachte mich mit dem berechtigten Einwand, dass du wohl kaum in der Zwischenzeit schwedisch gelernt haben würdest, wieder davon ab. Wo er recht hat, hat er recht! Mein Mann schlägt sich hier ganz tapfer. Da ihn Bücher im Allgemeinen und Kinderbücher schon gleich dreimal nicht interessieren, hält er sich an die Landschaft. Sie ist aber auch wirklich zauberhaft! Vor ein paar Tagen haben wir uns hier in der Nähe einen Wasserfall angesehen, aber den Namen habe ich vergessen. Jedenfalls fahren wir übermorgen nach Helsingborg und von dort nach Köpenhamn in Dänemark, wo wir die letzten vier Tage unserer Reise verbringen wollen. Wir suchen uns ein nettes kleines Hotel mit einer Sauna, da kann Berthold dann zufrieden vor sich hin schmoren, während ich noch Zeit am Strand verbringe, auch wenn es um diese Zeit ziemlich kalt sein dürfte. Andererseits stört mich da wenigstens niemand beim Steinesammeln. Berthold hat mich schon gewarnt, dass unser Schneckenhaus keine unbegrenzte Zuladung habe und ich mich am Ende entscheiden müsse, ob die Steine oder ich mit nach Hause kämen. Er übertreibt mal wieder, doch seine Laune bessert sich mit jedem Tag, am Ende wird er mir noch ganz euphorisch. Seine Begründung lautet: „Ich kann es nicht erwarten, dass sich meine Zunge endlich wieder entknotet, nach diesen ganzen skandinavischen Verrenkungen."

Du siehst, im Grunde ist bei uns auch in der Ferne, alles beim Alten. Aber ich gestehe, auch mich packt inzwischen das Heimweh! Bin ich froh, dass mein Mann stark geblieben ist und auf die vier Monate in Europa bestanden hat! Ich darf gar nicht daran denken, dass ich andernfalls jetzt vielleicht in Bangkok oder so festsitzen würde. Puh! Aber Psst! Das bleibt unser kleines Geheimnis!

Noch sechs Mal schlafen, dann sehen wir uns endlich wieder!

Ich freue mich soooo... sehr auf dich!!! Ich umärmel dich von Herzen!

Bleib behütet!
Deine Gundi

PS. Rate mal, wer dich mit verknoteter Zunge grüßen lässt?

Joke van der Wynden

Wenn Rose Gundis Reiseberichte las, sah sie im Geiste ihre Freunde genau vor sich. Ihre liebste Freundin, die schienbar nie genug bekam und alles mit ihren Augen aufsog und ihr Mann, der sie leidend, aber geduldig, begleitete. Um mit Gundi loszufahren, brauchte man schon eine gehörige Portion Geduld und sie bewunderte Berthold, dass er so gelassen dabei blieb, zumal ihn vieles von dem, wohin ihn seine Frau schleppte, noch nicht einmal interessierte. Aber das machte eben diese wunderbare Ehe aus, jeder war bereit, für den Anderen Kompromisse einzugehen. So kamen beide zu ihrem Recht und trotz ihrer Unterschiede lebten sie sehr harmonisch und glücklich miteinander.
Rose freute sich für ihre Freunde, deren Ehe nun schon so lange Bestand hatte.
Die zweite Mail war sehr kurz und kam aus Neuseeland von Lilli.

Von: Lilli@gmx.net
An: Wandelröschen@t-online.de

Betreff: *Danke!*

Liebes Wandelröschen,
ich danke dir, dass du dir Jokes Geschichte anhören willst! Sie wollte dir so schnell, wie möglich schreiben, es geht ihr nämlich wirklich nicht so gut!

Du bist ein Schatz!
Wenn ich zurück in Deutschland bin, würde ich dich gerne wieder einmal besuchen!? Ich melde mich dann aber rechtzeitig bei dir!

Ich drücke dich ganz fest!
Deine Lilli

Nun konnte Rose sich ja vorstellen, von wem die dritte Mail kam, zumal ihr die Adresse auch unbekannt war. Mit zwiespältigen Gefühlen öffnete sie die Nachricht.

Von: JovadeWyn@hotmail.com
An: Wandelröschen@t-online.de

Betreff: *Unbekannt und unsicher*

Liebe Frau Wandelröschen,
zunächst möchte ich mich bei Ihnen bedanken, dass Sie sich die Zeit nehmen, mir überhaupt zuzuhören, obwohl Sie mich ja gar nicht kennen. Ich muss gestehen, dass ich mir sehr unsicher war, und es im Grunde immer noch bin, ob ich einer mir völlig Unbekannten, meine Probleme aufbürden kann und will.
Doch wenn Sie Lilli kennen, wissen Sie, dass sie sich so schnell nicht von einer Idee abbringen lässt. Weil ich nun anscheinend so mitleiderregend auf sie wirke und sie wirklich große Stücke auf ihre Meinung hält,

hat sie mich schlussendlich doch dazu überredet, Ihnen zu schreiben.

Was ich hiermit tue. Bitte, fühlen Sie sich zu Nichts verpflichtet!

Sollte Ihnen zu dieser Mail kein Kommentar einfallen, dann schreiben Sie mir einfach nicht, es ist nicht Ihre Aufgabe und Sie schulden mir ja auch überhaupt nichts.

Vielleicht jedoch, wird es mir auch guttun, mein Dilemma einfach einmal aufzuschreiben. Also dann!

Mein Name ist Joke van der Wynden, ich bin achtundzwanzig und wurde in der Nähe von Haarlem, in Holland geboren. Nach meinem Studium hatte ich die Chance, in einer sehr erfolgreichen Agentur anzufangen, ich bin Grafikdesignerin. Vor einer Festanstellung, wollte ich mir jedoch erst mal, während eines Praktikums, einen Eindruck verschaffen. Das ist jetzt ein viertel Jahr her. Es gefiel mir gut dort, die Arbeit machte Spaß und die Kollegen waren freundlich und geduldig mit mir. Ich hatte mich schnell entschlossen, zu bleiben, doch bevor ich das Gespräch mit meinem Chef führen konnte, kam ein Neuer ins Team. Schon im Vorfeld wurde er hoch gelobt, er war wohl in einer anderen Stadt sehr erfolgreich gewesen und wollte sich nun aber aus persönlichen Gründen, umorientieren.

Er war ein absoluter Glücksfall für die Agentur. Am Tag, als er anfangen sollte, war ich gerade in der Küche, um Kaffee aufzusetzen, als ich plötzlich spürte, dass ich nicht mehr alleine war. Ich drehte mich um und sah in warme dunkelbraune Augen, die mich sofort gefangen nahmen.

Er stellte sich als Hamid Abazi vor und während wir uns die Hände schüttelten, hatte ich das Gefühl, seine Wärme würde auf mich übergehen.

Gleich bei seinem ersten Auftrag, kam ich in sein Team. Wir arbeiteten lange und eng miteinander und nach zwei Wochen war ich verloren. Ich hatte mich bedingungslos in diesen Mann verliebt und wie sich bald herausstellte, erging es ihm mit mir genauso. Ein paar Wochen schwebte ich wie auf Wolken und auf das Drängen meiner Freunde hin, stellte ich ihnen Hamid vor. Ihre Reaktion war verhalten und ich war zunächst einfach nur enttäuscht, doch als ich meine beste Freundin zur Rede stellte, erfuhr ich ihre Zurückhaltung. Ich war sechs Jahre mit meinem ersten und einzigen festen Freund zusammen, danach hatte ich mich irgendwie immer gegen eine neue Beziehung gesträubt. Ich bin ein sehr überlegter Mensch, der Entscheidungen reiflich abwägt und nie etwas überstürzt. So kennen mich meine Freunde, doch nun war ich spontan verliebt und völlig verrückt nach Hamid. Verstand und Vorbehalte interessierten mich auf einmal nicht mehr, denn ich war mir absolut sicher, den Mann meines Lebens gefunden zu haben. Ich war sauer auf meine Freunde, denn ich war mir sicher, wäre Hamid nicht arabisch stämmig, wäre ihre Reaktion anders ausgefallen. So stellte ich Hamid meinen Eltern vor. Mir kam nicht in den Sinn, dass es auch mit ihnen

Probleme geben könnte, schließlich war ich in einem toleranten und liberalen Elternhaus aufgewachsen. Doch spätestens beim Dessert war klar, dass sie meine Wahl nicht guthießen. Mein Vater hatte nach seiner Religion gefragt, ich wusste natürlich, dass Hamid Moslem war, doch für mich machte es keinen großen Unterschied. Meine Eltern hatten mit Religion nie viel am Hut gehabt und bis auf den Gottesdienst am Heilig Abend, kann ich mich auch an keine anderen Kirchenbesuche erinnern. Doch auf einmal war es ein ganz großes Thema, da ihre Tochter einen Moslem liebte. Sie sagten, dass unsere Religionen zu verschieden und nicht miteinander vereinbar wären. Hamid war ein sehr gemäßigter Moslem, der in Holland geboren war. Auch seine Eltern sind sehr liberal und seine Mutter hat einen leitenden Posten und trägt niemals einen Hijab. Aber all diese Argumente halfen nicht und immerzu redeten alle auf mich ein, malten mir Schreckensszenarien aus, wie sich Hamid verändern würde, wenn wir erst Kinder hätten und so weiter. Vor allem meine beste Freundin versuchte, mich davon zu überzeugen, dass ich diesen Mann doch gar nicht kennen würde und wenn es schon unbedingt sein musste, sollte ich mir doch wenigstens die Zeit lassen, diesen Fremden erst einmal richtig kennenzulernen. Ich liebe Hamid, aber trotzdem haben mich meine nächsten und liebsten Menschen so verunsichert, dass ich geflohen bin. Jetzt denke ich ständig an ihn und frage mich, wann kennt man einen Menschen gut genug, um mit ihm zusammenzuleben. Kann ich meinem Herzen mehr vertrauen, als meiner Familie? Ich weiß nichts mehr, außer, dass ich mich völlig ratlos und entwurzelt fühle. Ich treibe auf einem Meer aus Zweifeln und es gibt Niemanden, der mir die Richtung weisen könnte.

Lilli meint, Sie könnten das. Ich weiß nicht, ob dem so ist, doch ich greife nach jedem Strohhalm. Ich weiß, dass am Ende ich selbst entscheiden muss, doch es ist so verdammt schwer, wenn man sich so allein gelassen fühlt. Wenn Sie also einen Rat für mich haben, bitte zögern Sie nicht, ihn auszusprechen!
In jedem Fall danke ich Ihnen, dass ich all das einmal loswerden konnte. Das allein befreit schon ein klein wenig!

Mit unbekannten und doch lieben Grüßen
Ihre Joke van der Wynden

Rose las die Mail zweimal hintereinander und atmete tief durch. Was sollte sie der armen Frau nur schreiben? Wie schon bei Lilli überfielen sie Zweifel, ob es nicht vermessen von ihr war, anderen Menschen Rat geben zu wollen. Vor nicht mal einem Jahr, hatte sie selbst dringend Rat und Hilfe benötigt und nun spielte sie sich hier als das große Orakel auf. Wie konnte sie es verantworten, mit ihrer Meinung fremde Leben zu beeinflussen? Wenn diese Leben nun, durch ihre Schuld, die

189

falsche Richtung einschlugen. Woher sollte sie beurteilen können, was richtig und was falsch war? Das Problem war nur, dass sie in irgendeiner Form auf Jokes Schreiben reagieren musste, denn dazu fühlte sie sich verpflichtet. Sie konnte niemandem eine Entscheidung abnehmen und ob ihr Rat überhaupt beherzigt werden würde, stand ja auch keineswegs fest. Im Übrigen sollte sie damit aufhören, immer in Kategorien wie Rat, Hilfe und Entscheidungen zu denken, sie tat nur ihre Meinung kund und teilte ihre Empfindungen mit anderen Menschen, die eben gerade Probleme hatten. Ja, dafür konnte sie die Verantwortung übernehmen. Nichts zu tun, wäre allzu bequem und feige und schlussendlich lebte sie doch wohl in Gottvertrauen oder etwa nicht!

Entschlossen und beruhigt, holte sie sich rasch ein Glas Wein aus der Küche und setzte sich wieder vor den Bildschirm. Die Worte bildeten sich ganz ohne ihr Zutun und so schrieb sie an eine ihr völlig Unbekannte, am anderen Ende der Welt.

Von: Wandelröschen@t-online.de
An: JovadeWyn@hotmail.com

Betreff: *Nur von Frau zu Frau*

Liebe Joke im fernen Neuseeland,

ich weiß nicht, was Lilli Ihnen von mir erzählt hat, aber ich bin keineswegs eine weise alte Frau, die in einer leuchtenden Grotte lebt und auf alles eine Antwort weiß ☺!

Auch ich brauchte noch vor Kurzem die Hilfe einer sehr lieben Freundin. Ich weiß also sehr genau, wie es ist, sich verloren und hilflos zu fühlen.

Ich bin schon eine ganze Weile hier auf dieser Erde und für eine so lange Zeit, weiß ich bedauernswert wenig. Das, was ich Ihnen nun schreiben werde, speist sich also keinesfalls aus einem geheimen Wissen, sondern einzig und allein aus meinen Empfindungen und Erfahrungen.

Wenn Sie Gefühle für Hamid hegen, sich bei ihm angekommen und zu Hause fühlen, dann ist es wohl keine Frage des Herzens, ob Sie mit ihm leben können und wollen.

Vielmehr stellt sich die Frage, wie gut können wir einen anderen Menschen überhaupt kennen oder besser, wie gut müssen wir ihn kennen, um ihn lieben zu dürfen. Kann man im Anderen schon nach kurzer Zeit eine Seelenverwandtschaft erkennen, ohne ihn bis ins kleinste Detail erforscht zu haben?

Ja, das kann man, denn in solchen Fällen sprechen die Seelen zueinander. Doch auch ohne eine solche Seelenverwandtschaft, können zwei Herzen im gleichen Rhythmus schlagen, kann man sich aufeinander zubewegen und sich zueinander hin entwickeln.

Der Mensch ist wie ein Haus mit vielen Räumen. Die meisten von ihnen kennen wir gut, andere betreten wir nur ungern und wieder andere halten wir fest verschlossen. Einige sind für Besuch vorgesehen, sind wie ein Salon für den Empfang, dann wieder gibt es die Zimmer, in denen man sich am liebsten aufhält.

Ja und manchmal geschieht es, dass wir eine Tür öffnen und feststellen, dass wir noch nie zuvor in diesem Raum gewesen sind. Alles ist fremd und neu und manchmal auch beängstigend.

Wenn nicht einmal wir, die wir doch das Haus selbst sind, alle unsere Räume kennen, wie kann man dieses Wissen dann von einem Anderen erwarten? Wir können ihn hereinbitten, ihm unsere liebsten oder auch unsere gefürchtetsten Räume zeigen, doch wir dürfen auch Türen verschlossen halten, um Raum für uns selbst zu bewahren.

Um zu lieben, muss man nicht alles von einem Menschen wissen, denn zur Liebe gehören auch Vertrauen und Akzeptanz. Das eine kann nicht ohne das andere, es ist die Basis für jedes gemeinsam gelebte Leben. Wenn man bereit ist, öffnet man die eigenen Räume und betritt die des Anderen, keinesfalls mit der Erwartung, das Selbe zu empfinden, wie sein Bewohner, doch mit Achtung und Respekt, die ihm gebühren.

Wenn das geschieht, findet man in den Räumen des Anderen, ein Zuhause voll Liebe und Wärme, das allen Stürmen des Lebens zu trotzen vermag.

Die Liebe erwartet keine völlige Verschmelzung, keine grenzenlose Hingabe, sie ist eine Symbiose, bestehend aus Geben und Nehmen und muss bei alldem immer ausgewogen bleiben. Sie ist das Einzige, das wächst, wenn man es teilt. Doch darf man nie vergessen, sie zu umsorgen und zu pflegen, damit sie fest und stark bleiben kann. Denn andernfalls wird sie früher oder später verkümmern und sterben.

Vor allem aber, ist sie das Wichtigste auf dieser Welt und wenn man die Chance hat, sie zu leben, dann sollte man nicht zögern, diese Chance auch zu ergreifen. Auf dem Weg des Lebens bleibt genug Zeit, sich miteinander vertraut zu machen, schließlich sind wir uns zu Beginn doch alle fremd.

Was die Bedenken Ihrer Eltern angeht, Hamids Religion betreffend, so kann ich Ihre Sorge als Mutter verstehen. Allerdings muss ich ihrer Meinung, dass der Islam mit unserem christlichen Glauben nicht das Geringste zu tun hat, widersprechen.

Die Bibel und der Koran sind sich in vielen Punkten sogar außerordentlich ähnlich. Auch in ihrer grundsätzlichen Lehre stimmen sie weitestgehend überein. Das Problem liegt weniger im Glauben selbst, als in der Auslegung durch den Menschen. Letztendlich liegt es in der Verantwortung jedes Einzelnen, was er aus den vorgegebenen Geboten und Gesetzen macht. Für mein Gefühl sind es nur Namen für ein- und dasselbe. Ganz gleich, ob man nun zu Gott, Allah oder Buddha betet, darauf kommt es in keiner Religion an. Es zählt einzig und allein, diesen Glauben auch zu leben. Für mich ist jemand, der von sich behauptet Atheist zu sein, doch einem Obdachlosen auf der Straße aufhilft, viel mehr wahrer Christ, als ein Gläubiger, dessen Nächstenliebe sich auf die gleichgesinnten Kirchgänger beschränkt. Im Namen der Religion wurden und werden unzählige Gräueltaten verübt, doch sind es immer die Menschen, die sie ausführen. In jedem Menschen wohnen Gut und Böse, es liegt bei uns, den richtigen Weg zu wählen. Mit Religion hat das nur wenig zu tun. Ob Allah oder Gott, ganz gleich unter welchem Namen, die große Trauer über das menschliche Versagen, bleibt letztendlich dieselbe.

Doch nun wieder zu Hamid. Es gibt sehr liberale Moslems, die von den Fanatikern derselben Religion angefeindet werden. Es gibt wunderbare Moslems, die friedlich neben Andersgläubigen leben, weil ihnen die Achtung vor dem Leben, als höchstes Gesetz gilt. Nur weil Hamid Moslem ist, sagt das nichts über sein Verhalten aus. Nur weil jemand an Weihnachten in die Kirche geht, bedeutet es nicht, dass er seine Familie gut behandelt. Ich will nicht bestreiten, dass es in vielen Fällen schwierig ist, unterschiedlichen Glaubens zu sein, dennoch ist es sehr gefährlich, vorschnell zu urteilen und zu pauschalisieren. Vorurteile sind ein Gift, das sich

langsam und tödlich auszubreiten vermag und das
da zerstört, wo eigentlich etwas wachsen sollte.

Ein gemeinsames Leben bedeutet immer auch
Arbeit, und zwar unabhängig davon, ob Hautfarbe
und Religion gleich sind. Man muss aufmerksam
sein und achtsam mit dem Anderen umgehen,
abwägen, wo Kompromisse angeraten sind und wo
es wichtig ist, sich selbst treu zu bleiben. Dabei ist es
keineswegs vonnöten, sich völlig gleich und in allem
einig zu sein. Ganz im Gegenteil, solange man sich
aufeinander zu bewegt und die Liebe das
gemeinsame Fundament bildet, bedeuten
Verschiedenartigkeiten oft auch Ergänzung und
Bereicherung für eine Beziehung.
Es sind die Herausforderungen im Leben, die uns
wachsen und reifen lassen und eine Bindung mit
einem Anderen, im Grunde völlig Fremden,
einzugehen, gehört ganz sicher zu diesen dazu.

Solange Sie selbst also keinen triftigen Grund zur
Sorge haben, geben Sie sich selbst doch die Chance,
herauszufinden, ob ihre Liebe zueinander stark
genug ist, den Belastungen des Lebens und des
Glaubens standzuhalten. Ihre Eltern werden lernen,
damit zu leben, denn wenn sie ihre Tochter lieben,
wollen sie am Ende doch nur, dass sie glücklich ist.

Ich wünsche Ihnen von ganzem Herzen, dass sie
Ihren Weg finden! Inschallah!

Mögen sie behütet bleiben!
Ihre Rose Wandel (Wandelröschen)

Erschöpft, aber recht zufrieden versendete Rose ihre Email und fuhr dann den Computer herunter. Nachdem sie ihren Wein ausgetrunken hatte, ließ sie Jette noch einmal nach draußen. Tief sog sie die frische Luft ein und blickte in den sternenübersäten Himmel hinauf. Derselbe Himmel spannte sich auch über all jene, die weit entfernt von ihr weilten und denen sie dennoch, all die vergangenen Wochen hindurch, eng verbunden gewesen war.

Welche Wunder die heutige Zeit doch bereit hielt. Als sie Kind gewesen war, hatten sie noch Briefe schreiben und wieder auf solche warten müssen. Noch vor hundert Jahren hätte ein Brief nach Neuseeland Monate gebraucht. Die Welt schrumpfte immer mehr zusammen, das Tragische dabei war nur, dass sich die Menschen dadurch trotzdem nicht näher kamen, jedenfalls nicht in ihren Herzen.

Rose nahm einen letzten tiefen Atemzug. Für heute hatte sie sich genug mit der Welt befasst, sie war so müde. Als sie die Tür hinter sich schloss, erfüllte sie ein tiefes Gefühl der Dankbarkeit. Allem Weh der Welt zum Trotze, hatte sie hier ein Fleckchen Erde, wo sie Frieden und Geborgenheit fand. Sie strich Jette über das dichte Fell und als sie endlich in ihrem warmen gemütlichen Bett lag, schloss sie

all ihre Vertrauten und weniger Vertrauten in ihre
Gebete mit ein.

Freudige Rückkehr

Endlich war es so weit! Berthold und Gundula waren seit gestern wieder zurück in Good old Germany. Heute nun kamen sie zu ihr, um sich gegenseitig all das anzusehen und anzuhören, was sie in den letzten vier Monaten nicht miteinander erlebt hatten.

Rose war seit dem frühen Morgen in heller Aufregung, putzte, kochte und backte, bis sie sich schließlich erschöpft in ihrem gemütlichen Zuhause umsah und sehr zufrieden mit dem Anblick, zur Ruhe kam. In einer Stunde würden ihre Freunde zum Mittagessen kommen und es war alles bereit. Der Tisch war festlich gedeckt, aus dem Ofen zog der verführerische Duft eines brutzelnden Schweinebratens durch die Küche und für den Nachmittag stand Gundulas Lieblingstorte, Russischer Zupfkuchen, bereit. Rose fühlte sich wie ein Kind, das aufgeregt auf seine Geburtstagsgäste wartete. Voller Ungeduld sah sie immer wieder aus dem Fenster und endlich sah sie den silbernen Volvo ihrer Freunde, die Auffahrt hinauffahren.

Sie rannte aus dem Haus und riss das Gartentürchen auf, genau in dem Moment, in dem das Auto hielt. Augenblicklich wurde die Beifahrertür aufgerissen und Gundula stürmte ihr entgegen, direkt in Roses weit geöffnete Arme. Sie wussten nicht, wie lange sie so dastanden, aber es tat so unendlich gut, wieder zusammenzusein.

Irgendwann vernahmen sie ein Räuspern und Bertholds Stimme, erklang hinter ihnen:

„Ich sehe schon die Schlagzeile vor mir: Arzt im Ruhestand in einem deutschen Wald erfroren und verhungert! Und das, nachdem er die eisige Weite Nordskandinaviens mit Ach und Krach überlebt hatte."

Die beiden Frauen lachten und Rose wischte sich die Tränen vom Gesicht.

„Ach je, Berthold du armer bemitleidenswerter Mann, lass dich erst einmal umarmen, bevor du hier davon scheidest. Es wäre aber schade, denn ich habe im Ofen einen wunderbar knusprigen Schweinebraten, den isst du doch so gerne!"

Mit einem Grinsen trat Gundula näher und legte ihrem Mann und ihrer besten Freundin jeweils einen Arm um die Schultern.

„Wandelröschen, ich glaube, du hast meinem Mann soeben das Leben gerettet! Aber lasst uns wirklich reingehen, mir ist nämlich auch kalt, hier in den deutschen Wäldern."

Das Essen war köstlich, das Beste aber war, dass sie sich endlich wieder leibhaftig gegenüber saßen, während sie miteinander redeten. Und sie hatten sich so viel zu erzählen. Auch wenn sie sich regelmäßig geschrieben hatten, so konnte das doch niemals die persönlichen Gespräche ersetzen. Rose berichtete noch einmal von den Entwicklungen mit ihren neuen Freunden und wie es ihr in ihrem neuen Zuhause ergangen war. Gundula erzählte, was sie ihrer Freundin nicht geschrieben hatte und manches noch einmal, was Rose bereits kannte, doch mit einem Lächeln, hörte sie sich die Geschichten noch einmal an.

Berthold tätschelte sich den Bauch und grinste zufrieden.

„Also meine Lieben, sage einer, was er will, aber gegen einen traditionellen Schweinebraten kommt doch kein Gericht der Welt an. Und ich muss es ja wissen, schließlich hat mich mein Weib hier, über die halbe Erdkugel gescheucht. Aber mit dem Reisen ist jetzt erst mal Schluss! Allerdings könnte ich ein wenig Bewegung gebrauchen!"

Gundula tätschelte liebevoll seinen rundlichen Bauch.

„Aber, aber mein Schatz, verträgst du die gute deutsche Küche etwa nicht mehr?"

Berthold runzelte die Stirn und zeigte dann drohend mit dem Zeigefinger auf seine Frau.

„Da siehst du mal, was du mit deiner Reiserei angerichtet hast. Anstatt meinen Ruhestand friedlich zu genießen, muss ich durch die halbe Welt toben, und mir damit meinen Magen und meinen guten Geschmack verderben."

Gundula zuckte nur ungerührt mit den Schultern.

„Du hättest solch merkwürdige Dinge, wie das Haggis in Schottland, ja nicht essen müssen. Selber schuld! Außerdem wollten wir doch rausgehen! Ich bin ja so gespannt auf deinen Garten, Wandelröschen!"

Auch in der eisigen Kälte wirkte der Garten malerisch. Die hohen Gräser standen noch üppig und stolz aufrecht, ein paar letzte Herbstastern lugten aus den Beeten hervor und die mächtige Krone des Walnussbaumes, ragte wie ein schützendes Dach über allem auf. Einzelne Seerosenblätter schwammen noch auf dem Wasser und über dem Teich zog bereits feiner Nebel herauf. Rose und Tobias hatten alle Gartenmöbel in den Schuppen gebracht, nur die alte Bank aus Gusseisen stand noch unter dem leuchtend roten Hartriegel und zusammen bildeten sie ein zauberhaftes Stillleben.

Ihre Freunde waren hingerissen und Gundula konnte sich überhaupt nicht mehr beruhigen, welch ein Talent all die Jahre in ihrer engsten Vertrauten geschlummert hatte.

„Dabei dachte ich, ich kenne dich so gut und im Allgemeinen halte ich mich auch für sehr aufmerksam und feinfühlig!"

Rose legte den Arm um sie.

„Aber das bist du doch auch! Überhaupt kannst du sehr viele Sachen sehr gut!"

Gundula lächelte kokett.

„Mag sein, aber ich habe auch meine Fehler."

Rose zwinkerte ihr verschmitzt zu.

„Sicher, aber nicht sehr viele!"

Berthold, der die ganze Szene still beobachtet hatte, schnaubte leicht.

„Soll ich dir vielleicht eine Liste machen?"

Ihre Freundin löste sich von Rose und umarmte lachend ihren Mann.

„Du bist ein Geschenk der Götter, mein Schatz! Ohne dich würde ich abheben und für immer davon schweben, doch du erdest mich immer wieder aufs Neue!"

Nach der Besichtigungstour unternahmen sie noch einen Spaziergang mit Jette, doch auf Bertholds Bitten hin, kehrten sie bald um.

„Wenn der liebe Gott gewollt hätte, dass wir so weite Strecken zu Fuß zurücklegen, hätte er uns statt Beinen doch wohl Räder gegeben."

Die Frauen lachten und nahmen in zwischen sich.

„Hört, hört und das von einem Doktor Med., der seinen Patienten immer von mehr Bewegung predigte. Wandelröschen, wie hieß das doch gleich in der Bibel, das mit dem Wein und Wasser?"

Rose drückte Bertholds Arm.

„Von Wasser predigen, aber Wein trinken! Apropos trinken, ich habe jetzt richtig Kaffeedurst und Gundi, rate mal, was es zum Kaffee gibt?"

Vergnügt kamen sie am Haus an und rundeten den schönen Nachmittag mit einer köstlichen Kaffeetafel ab.

Auch der Abschied verlief fröhlich, denn dieses Mal würde es keine vier Monate dauern, bis sie sich wiedersahen. Rose umarmte ihre Freundin ganz fest, dann fiel ihr noch etwas ein.

„Sag mal, was macht ihr denn an Weihnachten? Kommt Jona zu euch?"

Ein Schatten huschte über Gundulas Gesicht und statt ihrer, antwortete Berthold:

„Unser Sohn hat eine neue Freundin und will ihr zu Weihnachten einen Flug auf die Malediven schenken. Der Knabe kommt ganz eindeutig mehr nach seiner Mutter. Ich finde das ja reichlich übertrieben, aber offensichtlich will er bei seiner Herzdame Eindruck schinden."

Gundula schniefte leise, doch tapfer stand sie ihrem Sohn bei.

„Also Schatz wirklich, Jona ist erwachsen und verdient schließlich gutes Geld. Da kann er doch mit seiner Freundin einen schönen Urlaub machen. Allerdings hätte das ja nicht unbedingt an Weihnachten sein müssen."

Traurig sah sie noch immer ihren Mann an. Rose klatschte kurz in die Hände, um die beiden aus ihren Gedanken zu reißen.

„Tja ihr Lieben, unsere Küken sind flügge geworden und haben Besseres vor, als mit uns Alten unterm Weihnachtsbaum zu sitzen. Sally wird auch nicht kommen, Philip und sie fliegen zwar nicht auf die Malediven, aber verreisen wollen sie auch. Ich habe Tobias und Elisabeth eingeladen, mit mir den Heiligen Abend zu verbringen. Was haltet ihr davon, wenn ihr mit dazu kommt? Die beiden sind wirklich reizend, ihr werdet euch sicher gut verstehen! Und es wird auch gutes deutsches Essen geben, versprochen!"

Das Paar blickte sich kurz in die Augen, dann zuckte Berthold mit den Schultern. Gundula strahlte und wandte sich ihrer Freundin zu.

„Liebend gerne kommen wir! Sag mir, ob ich etwas mitbringen soll, ja! Oh, jetzt kann ich mich doch wieder auf Weihnachten freuen!"

Winkend stand Rose an ihrem Tor und blickte dem Wagen so lange nach, bis er aus ihrem Sichtfeld verschwand. Wie wunderbar, das würde ein frohes Fest werden und am nächsten Sonntag war endlich auch der erste Advent.

Weihnachten

Noch eine Stunde, dann würden ihre Gäste eintreffen. Bis heute Mittag hatte es nach Schnee ausgesehen und so sehr Rose Schnee am Heilig Abend auch liebte, so erleichtert war sie doch gewesen, als der Wetterbericht verkündet hatte, es würde nun doch keine weiße Weihnacht geben. Dann wären nämlich Berthold und Gundula nicht zu ihr rausgekommen. Vor Jahren mal hatten sie, während eines dichten Schneetreibens, einen bösen Unfall gehabt. Sie waren auf dem Weg zu einem Notfall gewesen und am Ende hatte Gundula selbst im Krankenhaus gelegen. Seitdem graute es ihr vor Fahrten im Schnee so sehr, dass sie gleich angekündigt hatte, dass, auch wenn es ein trauriger Abend werden würde, sie nicht bei Schneefall fahren wollte.

Wochenlang hatte sich Rose auf die Adventszeit und auf Weihnachten gefreut und wenn sie sich jetzt umsah, ging ihr förmlich das Herz auf.

Der Baum stand in der Küche vorm Fenster, so konnte man schon von draußen die Kerzen brennen sehen. Sie hatte trotz der elektrischen Lichterkette, auch echte Kerzen angesteckt. Die roten Kugeln glänzten in ihrem warmen Schein. Die Sterne aus Holz und rotem Papier, hatte sie teilweise selbst gemacht. Beim Aussägen hatte ihr Tobias geholfen und heimlich hatte sie welche davon beiseitegelegt, die wollte sie ihm heute Abend schenken.

Auch die schönen Holzsterne, die sie schon vor Wochen zusammen gemacht hatten, hingen an ihrem Platz, am Walnussbaum und Rose hatte noch eine Lichterkette dazwischen gehängt. So bot sich ihren Besuchern gleich bei deren Ankunft, ein zauberhafter Anblick.

Das Essen war vorbereitet, der Tisch festlich gedeckt und aus dem Radio klang leise ein Weihnachtskonzert. Rose wäre gerne heute Abend in den Gottesdienst gegangen, doch ihren Freunden zu liebe hatte sie darauf verzichtet. Später jedoch, wollte sie wenigstens einmal die Weihnachtsgeschichte vorlesen, denn ganz ohne die vertrauten Worte, würde ihr doch etwas fehlen.

Weil sie noch Zeit hatte und ein unbestimmtes Gefühl sie dazu trieb, schaltete sie ihren Laptop ein und sah in ihrem Postfach nach neuen Emails. Tatsächlich fand sie eine neue Mail vor.

Von: Lilli@gmx.net
An: Wandelröschen@t-online.de

Betreff: *Merry Christmas*

Liebes Wandelröschen,
ich wünsche dir ein frohes Weihnachtsfest! Schade, dass Sally nicht bei dir ist, aber du feierst bestimmt trotzdem nicht alleine.
Das muss auch ich nicht, denn wir machen es uns bei Raclette und Eierpunsch so richtig gemütlich! Wir, das sind: Lilli, Joke UND Hamid!!!!!!!!!!

Joke hat ihn vor ein paar Tagen angerufen und gestern kam sein Flieger an. Ich habe die beiden Turteltäubchen seitdem kaum gesehen, aber heute Abend feiern wir gemeinsam. Du bist so ein Schatz und ein richtiger Engel noch dazu. Meine Oma hat immer gesagt: „Weißt du Lilli, es gibt Menschen, bei denen Gott lächelte, als er sie erschuf und diese Menschen tragen das Lächeln in die Welt weiter."
So ein Mensch bist du, Wandelröschen!
Ich umarme dich tausendmal!

Deine Lilli

PS. Ich soll dir von Joke noch ausrichten,
sie habe ihre Räume weit geöffnet und dabei ihr Zuhause gefunden. Inschallah! (Du wirst wissen, was sie meint! Ich sollte es genauso weitergeben!) Sie dankt dir von Herzen dafür!
Mit den liebsten Grüßen von Joke und Hamid!

Rose wischte sich die Tränen aus dem Gesicht. Welch ein wunderbares Geschenk! Drei junge Menschen, die froh und glücklich am anderen Ende der Welt gemeinsam Weihnachten feierten. Unter ihnen ein Moslem, denn die Liebe war stärker, als jede Konvention.

Rasch schrieb sie einen lieben Gruß zurück, sie hatte gerade den Computer runtergefahren, als die Scheinwerfer eines Autos ins Zimmer strahlten. Im gleichen Augenblick hörte sie, wie die Haustür geöffnet wurde und eine fröhliche Jungenstimme rief:

„Wandelröschen, wo bist du? Wir sind schon alle da!"

Ja, sie waren alle da, zumindest beinahe. Die leise Traurigkeit, zum ersten Mal seit deren Geburt, nicht mit ihrer Tochter dieses besondere Fest zu feiern, hinterließ ein bittersüßes Gefühl in Roses Herzen. Neben dem Glück, mit ihren liebsten Menschen zusammen sein zu dürfen, spiegelte sich darin, die Essenz des ganzen Lebens wieder. Wie hatte sie es doch einmal so schön formuliert:

Auch aus einem lachenden Auge floss zuweilen eine Träne, denn Freude und Schmerz lagen oft so dicht beieinander.

Doch nun wollte sie sich freuen, denn es war Heilig Abend und sie war nicht allein! Sie liebte und wurde geliebt und das machte sie zu einer sehr reichen Frau.

Epilog

Rose saß im Garten auf ihrer Bank und hatte die Füße hochgelegt. Es war Anfang Juli und der Duft des wilden Geißblattes vermischte sich mit dem zarten Aroma der Kletterrose, die an ihrem Spalierbogen üppig wuchs. Im Teich plätscherte das Wasser der Fontäne und ein paar Grillen begannen eben mit ihrem Abendkonzert.

In den letzten Wochen hatte sie oft mit Gundula hier gesessen, die Vergangenheit Revue passieren lassen oder über Gott und die Welt geredet. Heute saß sie nun alleine auf ihrer Bank und genoss die Ruhe, der hereinbrechenden Nacht.

Vor fast einem Jahr hatte sie diesen Ort zum ersten Mal erblickt und sofort gespürt, dass er für sie Heimat bedeuten würde. Doch eine wirkliche Heimat, konnte es nur mit Menschen geben, die zu einem gehörten. Sie hatte solche Menschen und mehr noch, als vor einem Jahr.

Als wollte auch sie ihre Bedeutung und Gegenwart bekunden, trabte Jette zu ihrem Frauchen hinüber und legte den Kopf in ihren Schoß. Zärtlich streichelte ihr Rose über das weiche Fell.

Es war ein wunderschöner, wenn auch sehr anstrengender Tag gewesen. Elisabeth hatte ihre zweite Vernissage gehabt, dieses Mal im großen Stil. Es gab Kanapees, Sekt und eine Eröffnungsrede, die ein bekannter Kunstkritiker gehalten hatte, der, wie Rose amüsiert bemerkt hatte, völlig bezaubert von der Künstlerin war. Die erste Ausstellung hatte in einem kleineren Rahmen bereits im Frühling stattgefunden und war ein solcher Erfolg gewesen, dass Sybille gleich noch eine Größere für den Sommer angesetzt hatte. Tobias war beinahe jeden Tag bei ihr gewesen, weil seine Mutter Tag und Nacht malte. Elisabeth war in einem Maße aufgeblüht, das nicht einmal Rose erwartet hätte. Es war kein Wunder, dass nicht nur der Kunstkritiker hingerissen von ihr war. Doch irgendein Interesse von Elisabeths Seite aus, war ihr bislang nicht aufgefallen. Diese freute sich nur von Herzen darüber, wie sich alles entwickelt hatte. Tobias würde sogar aufs Gymnasium wechseln, das würde ihn harte Arbeit kosten, doch er wollte vielleicht Gartenarchitektur studieren und dafür brauchte er nun mal das Abitur. Rose würde ihm dabei helfen, sie liebte diesen Jungen, wie ihr eigen Fleisch und Blut.

Natürlich würde sie sich auch unendlich freuen, wenn Sally irgendwann für einen leiblichen Enkel sorgte. Danach sah es aber noch lange nicht aus. Sie hatte sich mit Lilli selbstständig gemacht und momentan steckten die beiden bis zum Hals in Arbeit. Dass sie trotzdem so fröhlich dabei waren, lag daran, dass sie das, was sie taten, liebten. Bei Werbung und Design für die junge Firma, hatten sie tatkräftige Unterstützung von einer holländischen Agentur erhalten, in der Joke und Hamid nun fest angestellt waren. Wie sich alles weiterentwickelte, würde die Zeit zeigen, doch im

Augenblick schien alles gut und Rose betete jeden Abend dafür, dass es auch so bliebe.

Gundula und Berthold waren extra für die Vernissage früher von ihrer Reise zurückgekommen. Ihre Freundin hatte ihren Mann doch noch einmal überzeugen können wegzufahren, allerdings unter der Voraussetzung, dass dieses Mal er das Ziel bestimmen durfte und so waren sie gestern von der Insel Usedom zurückgekehrt. Gundula mit einer Wagenladung Steine vom Strand, von denen etliche inzwischen an Roses Teich verteilt lagen.

So viel war passiert in diesem einen Jahr und nach dem Sommer würde ein neuer Herbst anbrechen, so wie ihr eigener Herbst, der bunt und glücklich und voller Leben war.

Im Grunde war das Leben wie ein Garten, es wurde gesät, geerntet, etwas Neues gepflanzt und alles wollte umsorgt sein. Manchmal musste man etwas entfernen, wenn es kaputtgegangen war oder wenn es andere Bereiche zu ersticken drohte. Es gab Jahre, in denen alles prächtig gedieh, ohne dass man viel Energie benötigte, in anderen wiederum, musste man um den Erhalt und das Glück kämpfen. Alles befand sich in fortwährender Bewegung, im steten Fluss.

Während Rose diese Gedanken durch den Kopf gingen, schweifte ihr Blick über ihren Lebensgarten.

Vieles war in diesem geschehen und wenn Gott es wollte, würde sie noch oft auf dieser Bank hier sitzen, dem Werden und Vergehen zusehen und dabei den Schlüssel zum Glück in ihrem Herzen bewahren - die Dankbarkeit für all das, was ihr in ihrem Leben widerfahren war.

Die Zeit, die bleibt

Die Zeit, die bleibt
Uns bleibt die Zeit

Im Bleiben verweilen
In Zeiten wir eilen

Durchs Leben zu Fuß
Mit der Strömung im Fluss

Mal langsam, mal schnell
Mal dunkel, mal hell

Durch Schatten, durch Licht
Vorab wissen wir´s nicht

Wie die Zeit uns treibt
Die Zeit, die bleibt

Christina Maria

Ich hoffe, von Wandelröschen zu lesen hat ebenso viel Freude bereitet, wie von ihr zu schreiben!

Danke für die Zeit, fürs interessieren, fürs lesen!

Bleibt behütet!

Eure Christina